맏이

青소년시대 05

맏이

글 토어 세이들러
그림 조원희 옮김 권자심

논장

청소년시대 05

맏이

초판 3쇄 2018년 7월 25일 | 초판 1쇄 2017년 7월 25일

지은이 토어 세이들러 | 그린이 조원희 | 옮긴이 권자심
펴낸이 박강희 | 펴낸곳 도서출판 논장 | 등록 제10-172호 · 1987년 12월 18일
주소 10881 경기도 파주시 회동길 329 | 전화 031-955-9163 전송 031-955-9167
ISBN 978-89-8414-291-6 43840

· 책값은 뒤표지에 있습니다. · 잘못 만들어진 책은 구입하신 서점에서 바꾸어 드립니다.

· 이 도서의 국립중앙도서관 출판예정도서목록(CIP)은 서지정보유통지원시스템 홈페이지(http://seoji.nl.go.kr)와
국가자료공동목록시스템(http://www.nl.go.kr/kolisnet)에서 이용하실 수 있습니다.(CIP제어번호: CIP2017016885)

진 크레이그헤드 조지를 기리며

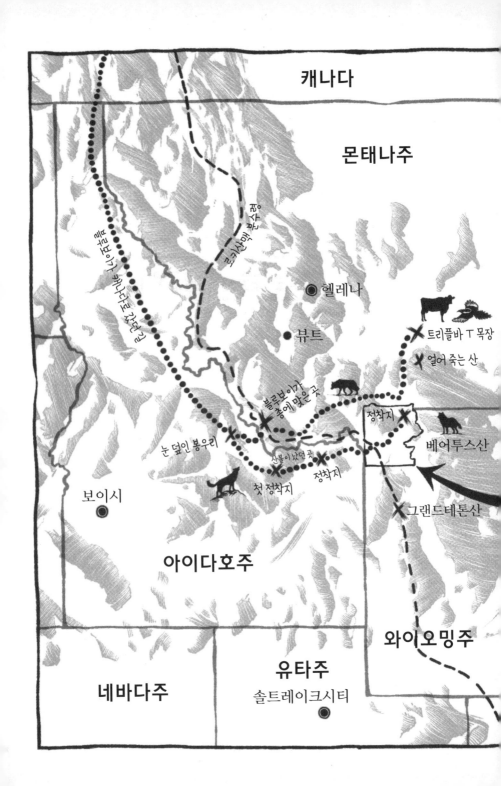

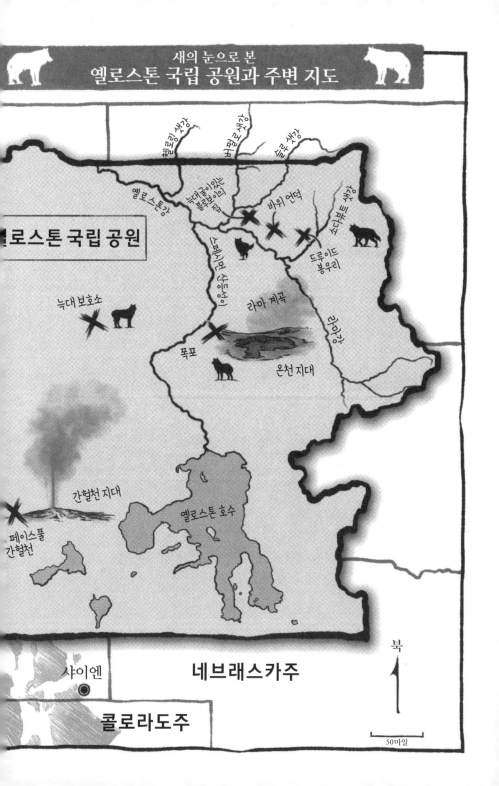

일러두기
· 동식물의 이름은 두산백과사전 두피디아와 브리태니커 백과사전 등을 바탕으로 하고, 북아메리카에
서식하는 종의 한국어명이 정확하지 않은 경우 학명과 해당 종의 특성 등을 참고해 실용적 표기를 따랐습
· 외국 지명과 인명 등은 국립국어원의 외래어 표기법을 따르되 관용적인 표기와 동떨어진 경우
절충하여 관례에 따랐습니다.

1

"어서 와 봐요, 맥스! 맥스, 어서!"

엄마가 외쳤다.

아빠가 둥지 가장자리에 내려앉더니 검은 부리에 문 것을 내 위로 늘어뜨렸다. 나는 막 껍데기를 뚫고 나온 참이었다. 잿빛이 도는 초록색 알 여러 개가 아직 금도 가지 않은 채 옆에 있었다. 나는 목을 길게 빼고는 아빠 부리에서 먹이를 낚아채 꿀꺽 삼켰다.

엄마가 다정하게 노래하듯 말했다.

"이렇게 사랑스러운 까치가 세상에 또 있을까? 귀여워, 귀여워, 귀여워! 이름을 뭐라고 지을까요?"

아빠가 대답했다.

"당신 맘대로 해요, 맥. 당신 공이 크잖소."

"매기 어때요?"

"최고요."

나는 믿기지 않아 엄마, 아빠를 빤히 쳐다보았다. 엄마 이름이 맥이고 아빠 이름이 맥스인데, 갓 태어난 아기 이름도 매기라니!* 그나마 위로가 되는 것은 다섯 동생들 이름을 지을 때도 별반 다르지 않았다는 점이다. 옆에 있던 동생들이 알에서 나오자 엄마, 아빠는 마크, 마지, 맨디, 내크, 매트라고 이름을 지었다.

더 다행스러운 이야기를 하자면, 나는 알에서 깬 것만 첫째인 게 아니라 둥지 가장자리로 나간 것도 첫째였다.

나는 둥지 밖을 내다보며 물었다.

"여기가 어디예요?"

엄마가 대답했다.

"집이지. 정말 눈부시고, 눈부시고, 눈부시지 않니?"

꽤 멋진 풍경이었다. 비록 딱히 비교할 대상이 있는 건 아니지만 말이다.

또 바로 아래를 내려다보며 물었다.

"저 초록색은 뭐예요?"

"나뭇가지란다. 우리는 소나무 위에 있어."

---

*까치는 영어로 '맥파이 Magpie'이다. 매기(Maggie)는 이름만으로도 까치임을 알 수 있어, 마치 까치 이름을 '까순이'라고 지은 격이다.

엄마는 다른 소나무, 사람들이 사는 집, 닭장이라는 좀 작은 구조물, 외양간이라는 좀 큰 구조물, 지붕이 알 모양인 두 개의 높은 사료 저장탑도 일러 주었다. 두 저장탑 사이로 반짝거리는 푸른 줄기가 보였다. 더 멀리에는 울타리를 둘러친 밭과 나뭇잎이 바늘처럼 생기지 않은 나무들, 그리고 확 트인 드넓은 방목장이 보였다.

"저 네발 달린 짐승은 뭐예요?"

"소란다."

"소 둥지는 어디에 있어요?"

엄마가 부리로 외양간을 가리키며 대답했다.

"저기."

외양간 지붕 위에는 조그만 상자 모양 지붕이 더 얹혀 있고 그 꼭대기에 풍향계가 있었다. 그리고 풍향계 위에 새 한 마리가 앉아 있었다.

"저 새도 까치예요?"

"저 못생긴 늙은 새? 까마귀란다."

엄마는 둥지 안 양지바른 쪽으로 깡충 뛰어내리더니 날개를 쫙 펴고 꼬리를 쳤다.

그러자 동생 매트가 알랑거리며 말했다.

"엄마처럼 예쁜 엄마는 세상에 또 없을 거예요."

대체 얼마나 많은 엄마들을 봤다고 저런 말을 하나 싶었다. 엄마가 꽤 빼어나긴 했지만 말이다. 엄마의 검고 하얀 깃털에는 초록색 윤기가 흘렀고 꼬리는 길고 우아했다.

그 뒤 며칠 동안 엄마, 아빠는 온 정성을 다해 우리한테 맛있는 벌레랑 즙이 풍부한 썩은 고기를 가져다주었다. 그리고 솜털이 깃털로 바뀔 즈음에는 둥지 밖에서 피해야 할 동물들을 알려주었다.

"독수리나 여우는 각별히 조심해야 해."

"매나 코요테도 잘 봐야지."

"여우랑 고양이들도."

"코요테나 방울뱀이나 독수리도."

"여우도 얘기했었나?"

우리가 자라나 둥지가 점점 비좁아지자, 나는 어렴풋이 위험을 감지했지만 그래도 몹시 둥지를 벗어나고 싶었다. 둥지를 벗어나는 방법은 나는 길밖에 없었는데, 나의 첫 번째 날기는 악몽이었다. 마침 그 자리에 나뭇가지가 없었더라면 아마 목이 부러졌을 것이다. 하지만 두 번째 날기는 조금 나아졌고, 태어난 지한 달이 되었을 무렵에는 동생들한테 날기를 가르칠 정도가 되었다.

날개 없는 삶은 정말 괴로울 것이다. 날개가 없다면 자유는 물론이고 시야도 얻을 수 없을 테니까. 날 수만 있으면 아주 가까이에서도 볼 수 있고 멀리서도 볼 수 있다. 어떤 것에 바짝 다가

갔다가도 마음에 들지 않으면 멀리 날아가 버리면 그만이다. 처음에 나는 소들을 잘 피해서 날아다녔다. 소는 너무 크고 냄새도 고약했다. 그러던 어느 날 소 등에 앉은 아빠가 보였다. 나는 아빠 옆에 아주 조심스럽게 내려앉았다.

아빠가 말했다.

"소들은 어찌나 무딘지 우리를 신경도 안 쓴단다. 실컷 먹어라, 매기."

녀석들 등은 진드기 천지였다. 진수성찬이었다.

말이나 개들한테도 진드기가 많았지만, 말은 위험한 꼬리가 있어서 소만큼 만만한 상대가 아니었고, 개는 무슨 일이 있어도 피해야만 하는 무시무시한 괴물이었다. 사람들한테는 진드기가 거의 없었지만, 어쨌든 나는 사람들을 이용할 방법도 알아냈다. 이 멍청한 종족들은 늘 맛 좋은 쓰레기를 내다 버렸다.

여름이 될 무렵 나와 동생들은 모두 둥지를 떠났다. 안타깝게도 저장탑 사이를 흐르던 시냇물이 말라서 우리는 소 여물통에서 물을 마셔야 했다. 우엑! 그러고 나서는 몇몇 나무를 빼고는 주변 풍경이 모두 침침한 갈색으로 변하더니 회오리바람이 몰아쳤다. 그런 다음에는 겨울이 되어 모든 것이 새하얘졌다. 낮은 짧고 추웠으며 밤은 길고 훨씬 더 추웠다.

소들은 외양간 안에 우글우글 모여 있었다. 어느 날 나는 외양간 위의 작은 상자 지붕에서 김이 모락모락 새어 나오는 것을 발견했다. 못생긴 늙은 까마귀는 여전히 풍향계 위에 앉아 있었는데, 덩치는 내 두 배가 넘었지만 까마귀는 엄마, 아빠가 일러 준 피해야 할 목록에 없었다. 나는 왜 까마귀가 모든 열기를 독차지해야 하는지 이해할 수 없었다. 게다가 나는 엄마만큼 아름다워지고 있었으므로, 까마귀도 자기보다 훨씬 멋진 새가 찾아가 주면 당연히 고마워할 것이라고 생각했다.

나는 외양간으로 날아가서 작은 상자 지붕 위에 앉았다. 냄새는 고약해도 따뜻한 김은 끝내줬는데, 까마귀가 풍향계 위에서 나를 노려보았다.

"꺼져."

"왜요? 자리도 넓은데."

"까치는 참을 수가 없어."

"까치가 어때서요?"

"머리가 텅 빈 수다쟁이들이야."

"누가 그래요?"

"아무한테나 물어봐라."

나는 지붕에서 날아올라 농장 집 뒤에서 얼음이 반들반들한 그네에 앉은 찌르레기를 발견했다.

내가 물었다.

"까치에 대해 어떻게 생각하나요?"

"쓰레기 도둑들이지."

썩 들기 좋진 않았지만 적어도 까마귀의 의견을 뒷받침하는 말은 아니었다. 이번에는 집 뒤쪽의 쓰레기통 옆을 어슬렁거리는 지빠귀한테 날아가서 똑같이 물어보았다.

그러자 지빠귀가 대답했다.

"머리가 텅 빈 수다쟁이들이지."

숨이 턱 막혔다.

전봇대 위에 있던 대머리수리도 똑같이 대답했다. 나는 상처 입은 자존심을 달래려고 내가 가장 좋아하는 폰데로사 소나무로 돌아갔다. 해가 지자, 여느 때처럼 날개 밑에 머리를 파묻었지만 잠을 잘 수가 없었다. 생각해 보니 엄마, 아빠와 동생들은 정말로 말이 많았다. 엄마가 집을 두고 '눈부시고, 눈부시고, 눈부셔'라고 말한 것도 기억났다. 그렇게 갈색으로 타들어 가던 무더운 여름과 새하얀 영하의 겨울을 지내는 동안 그걸 한 번도 이상하다고 생각해 보지 않다니. 하지만 몇몇 까치들이 생각 없이 말한다고 해서 나도 똑같으라는 법이 어디 있어?

아침에 나는 까마귀가 틀렸음을 증명하리라 마음먹고 외양간 위 상자 지붕으로 날아갔지만, 풍향계 위에는 아무도 없었다. 내가 냄새나는 따뜻한 김을 쐬고 있는데, 늙은 미루나무의 툭 불거진 뿌리 사이에서 까마귀가 걸어 나오는 것이 보였다. 먹이를 숨겨 두는 곳인 모양이었다. 까마귀는 햇살이 비치는 눈 위로 나와 멋진 날개를 쫙 펴더니 위로 날아왔다.

풍향계의 아래쪽에는 네 개의 화살표가 서로 다른 방향을 가리켰고 풍향계 꼭대기에는 말 모양 장식이 있었다. 말 장식이 바람에 흔들렸는데, 까마귀가 그 위에 내려앉자 끼익 소리가 났다.

까마귀가 말했다.

"꺼져."

나는 들은 척도 하지 않았다. 그러자 까마귀가 깃털을 곤두세워 몸을 두 배로 부풀렸다. 나는 도망칠 요량으로 몸을 움츠렸다. 그때 아래쪽에서 문이 쾅 소리를 내며 열렸다. 집에서 사람 하나가 나오고 개 한 마리가 따라 나왔다. 둘은 자동차에 올라탔다. 자동차는 부르릉 소리를 내며 살아나 맑은 공기 중에 푸른 연기를 뿜어 대더니, 여름에 먼지를 차 냈듯이 뽀득뽀득한 눈을 차 내며 앞으로 달려 나갔다. 자동차는 길게 쭉 뻗은 길을 끝까지 달려가다가 목장 입구를 통과하자 왼쪽으로 방향을 틀었다.

자동차가 보이지 않을 무렵에 보니 까마귀는 다시 예전 크기로 돌아와 있었다. 나는 몸이 뜨끈뜨끈해질 때까지 한 시간 정도 머물러 있다가 자리를 떠났다.

이튿날 아침에 다시 외양간 상자 지붕에 갔는데, 까마귀는 또 어디 가고 없었다. 하지만 이내 전날과 마찬가지로 미루나무 아래 먹이 은닉처에서 나오더니 풍향계로 날아왔다. 까마귀는 언짢은 표정을 지었지만 깃털을 부풀리지는 않았다. 나는 부리를 굳게 다문 채 한 시간쯤 몸을 녹였다.

그렇게 일주일이 지났다. 나는 상자 지붕 위에서 단 한 마디도 하지 않았다. 어느 날 '탕' 하는 요란한 소리에 엉겁결에 '무슨 소리예요?' 하고 말하기 전까지는 말이다.

까마귀가 대답했다.

"라이플총이야."

나는 머리가 빈 것처럼 보이기 싫어서 그게 무엇이냐고 묻지 않았다. 곧 귀마개가 달린 모자를 쓴 사람 하나가 외양간 옆을 급히 돌아 나왔다. 그 사람은 길고 번쩍거리는 물건을 어깨에 올려놓더니 한 번 더 '탕' 소리를 냈다.

그러자 까마귀가 껄껄거리며 말했다.

"또 놓쳤군."

붉은 것이 눈 덮인 들판 위를 재빨리 지나갔다.

까마귀가 덧붙였다.

"닭장에 여우가 나타났어."

나는 엄마, 아빠의 경고를 떠올리며 저게 여우로구나, 생각했다.

다음 날 아침에는 눈보라가 잦아들 때까지 기다렸다가 상자 지붕에 가니 까마귀가 풍향계 위에 앉아 있었다. 나는 까마귀가 딱히 기분이 나쁜 것 같지 않아 이름을 물어보았다.

까마귀가 무뚝뚝하게 대답했다.

"잭슨이다. 너는?"

"매기예요."

"까치인데 매기라고?"

나는 한숨을 쉬며 대꾸했다.

"나도 안다고요."

이튿날은 바람이 너무 거세게 불어서 폰데로사 소나무에서 바람이 덜 부는 쪽에 웅크리고 앉아 있는 것 말고는 아무것도 할 수 없었다. 그래도 밤사이 바람이 잦아든 덕분에 그다음 날에는 외양간 꼭대기 까마귀 곁으로 다시 갈 수 있었다.

까마귀가 말했다.

"대단한 바람이었어."

날씨는 어느 듯 쌀쌀했지만, 까마귀의 마음은 누그러진 것 같았다.

내가 물었다.

"이 집에서 얼마나 오랫동안 살았나요, 잭슨 아저씨?"

"집이라고?"

"여기요. 이곳."

"트리플바* T 목장을 말하는 거냐?"

"트리플바 T 목장이라고요?"

"목장 입구 표지판을 한 번도 읽어 보지 않은 거냐?"

나는 긴 차도를 곧장 날아가 당장에 확인해 보았다. 목장 입구

*트리플바는 막대 모양 세 개라는 뜻이다.

위에 '≡T'라는 표지판이 보였다.

이튿날 풍향계를 어디에 쓰냐고 물었더니, 잭슨 아저씨는 풍향계로 동서남북을 가르쳐 주었다. 남쪽에는 지평선 위로 거대하게 솟은 것들이 있었는데, 베어투스산이라고 했다. 베어투스산 너머에는 와이오밍이라는 곳이 있다고 했다. 나는 와이오밍이 트리플바 T만큼 크냐고 물었다.

"더 크지. 트리플바 T는 목장일 뿐이야. 와이오밍은 주란다. 우리는 몬태나주에 속하고."

"몬태나주가 와이오밍주보다 큰가요?"

"그래."

나는 서쪽을 부리로 가리키며 물었다.

"저쪽에는 뭐가 있어요?"

"아이다호주."

"몬태나주가 더 큰가요?"

"그렇지."

이번엔 북쪽을 가리키며 물었다.

"저쪽은요?"

"캐나다."

"몬태나주가 더 큰가요?"

"아니. 캐나다는 주가 아니야. 나라란다."

나는 당황스러웠지만 진실을 깨닫기 시작했다. 나는 정말로 머리가 텅 빈 까치였던 것이다.

외양간 위의 작은 상자 지붕은 나의 학교였다. 나는 지리에 대해 많은 것을 배웠다. 물론 다른 것들도. 예를 들면, 언젠가 왜 소들은 그렇게 무디냐고 물었더니, 아저씨는 소들이 영혼이 없기 때문이라고 설명해 주었다.

"어째서요?"

"오직 날개 달린 생물들만 영혼이 있기 때문이지."

딱 들어맞는 말이었다.

그래서 다시 물었다.

"닭들은요? 닭도 날개가 있지만 거의 날 수가 없죠."

그러자 잭슨 아저씨가 감탄했다는 듯이 나를 보며 대답했다.

"내가 고민했던 문제지. 하지만 몇 마리와 대화를 나눠 본 결과 닭도 영혼이 없다고 결론을 내렸단다."

"아저씨는 어떻게 그렇게 많이 알아요?"

"그렇지 않단다. 적어도 내 친구에 비하면 말이야."

나는 아저씨한테 친구가 있다는 말에 놀랐다. 까마귀는 대부분 붙임성이 있고 무리를 지어 다니지만, 잭슨 아저씨는 늘 혼자인 것 같았기 때문이다. 다른 까마귀들이 말을 걸어도 아저씨는 대꾸하는 법이 없었다.

"아저씨 친구가 누구예요?"

"미란다란다."

미란다! 우리 엄마, 아빠가 조금이라도 상상력이 있었더라면, 나도 그런 아름다운 이름을 가질 수 있었을 텐데.

"까마귀인가요?"

"앵무새란다."

"앵무새가 뭔데요?"

"열대 지방 새야. 눈부시게 아름답지. 사람들은 앵무새를 새장에 넣어 기른단다. 다행히 미란다가 지내는 새장이 창가에 있어서 여름이면 우리는 열린 창문을 사이에 두고 끝없이 이야기를 나눴단다. 내가 많은 이야기를 들었지. 특히 사람들에 대해서 말이야. 심지어 미란다는 사람들 말도 가르쳐 주었단다."

놀랄 만한 일이었다. 사람들 말은 아주 어려웠기 때문이다.

"이제 미란다는 새장에 없나요?"

"자유의 몸이 되었지."

"그런데 아직도 만나요?"

"날마다 이야기를 나눈단다."

나는 그 앵무새의 이름과 재능에 질투가 나면서도 만나 보고 싶은 생각이 간절했지만, 아저씨가 꺼릴지도 모른다는 생각이 들었다. 그래서 아저씨가 풍향계나 먹이 은닉처 말고 다른 데 가는 곳이 있나 눈여겨보기로 했다. 미란다가 열대새라면 추위를 피해 외양간 안에 살 가능성이 높았다. 그렇지만 겨울에 외양간은 굳게 닫혀 있었다.

마침내 눈이 녹기 시작했다. 어느 날 외양간 다락문이 활짝 열렸다. 안으로 들어가 보니 박쥐 두 마리와 제비 한 무리, 그리고 냄새가 고약한 수소 수백 마리가 있었다. 하지만 앵무새는 안 보였다.

얼마 지나지 않아 소들이 풀을 뜯으러 들판으로 나왔다. 철조망을 두른 닭장 입구에서는 병아리들이 뒤뚱거리기 시작했다. 사람들은 근처에서 온갖 시끄러운 일을 벌였다. 사람들은 자주 서로에게 고함을 질렀는데, 나는 잭슨 아저씨 덕분에 사람들 말을 조금씩 알아들었다. 봄이 지나는 동안, 사람들은 시장에 내다 팔 가축의 무게를 달려고 거대한 저울을 세웠다. 사람들은 무게를 큰 소리로 외쳐 댔는데, 나는 조금씩 그 차이를 알아 갔다. 그리고 여름이 될 무렵에는 숫자에 도사가 되어 있었다.

사람들의 고함 소리보다 훨씬 시끄러운 소리는 사격 연습하는 소리였다. 귀마개 모자를 쓴 사람이 표적을 세운 뒤 빨간 모자를 쓴 작은 사람한테 라이플총 쏘는 법을 알려 주었다. 표적의 모양은 여우보다 훨씬 커서 커다란 개에 가까웠다.

내가 물었다.

"사람들이 저 악당들을 좋아하는 줄 알았는데."

"저건 늑대란다. 미란다가 그랬는데 사람들은 늑대 때문에 걱정이 많다는구나."

"늑대가 뭔데요?"

"개하고 비슷해. 단지 더 사납고 잔인하지. 늑대는 소와 양을 죽인단다. 그래서 목장 주인들이 늑대를 싫어해."

"새들도 죽여요?"

"잡을 수 있다면 아마 그럴걸."

나는 불안스레 물었다.

"이 근처에 사나요?"

"오래전에 목장 주인들이 다 없애 버렸어."

"그런데 왜 걱정을 해요?"

"옐로스톤 때문이야."

나중에 알았지만, 옐로스톤은 베어투스산의 바로 남쪽에 자리 잡은 국립 공원으로 대부분 지역이 와이오밍주에 속해 있다. 무슨 뜻인지는 잘 모르겠지만, 몇몇 사람들이 '자연의 균형'을 회복하기 위해서 그곳에 늑대들을 다시 살게 하고 싶어 했다. 목장 주인들은 거세게 반대했지만, 미란다에 따르면 늑대를 사랑하는 사람들이 이겼고, 목장 주인들은 늑대들이 공원을 벗어나 함부로 가축들을 공격할까 봐 걱정한다고 했다.*

---

*옐로스톤 국립 공원에서 시행된 늑대 복원 프로그램이다. 1900년대 초반에 옐로스톤 주변 농장주들이 가축의 피해를 우려해 늑대를 박멸하기 시작했다. 먹이 사슬의 상위 포식자인 늑대가 사라지자 생태계의 균형이 깨졌고, 환경 보호론자들의 20여 년에 걸친 소송 끝에 '늑대 복원'이 결정되었다. 1995~1996년에 캐나다 서부의 회색늑대 31마리, 1997년에 몬태나 북서쪽에서 온 늑대 10마리가 옐로스톤 국립 공원으로 이주했다. 사람들은 새로 정착한 늑대에게 무선 신호기가 장착된 목줄을 달아 늑대들의 이동을 살폈다.

하지만 나한테는 아직 한 번도 본 일이 없는 짐승들보다 더 걱정스러운 일이 있었다. 형제들 중에 첫 겨울을 넘긴 것은 넷으로, 매크는 지난여름에 매한테 물려 갔고 얼마 뒤에는 마크가 자동차에 정면으로 부딪혀 죽었다. 바야흐로 미루나무 이파리들이 돋아나자, 매트와 맨디가 저마다 짝짓기를 하고 자신들만의 둥지를 만들기 시작한 것이다. 나는 다른 형제들과 같지 않다고 생각했지만 모든 일에 늘 첫째였던 터라 뒤처지는 게 싫있다. 게다가 댄이라는 잘생긴 까치가 내 꽁지 깃털이 얼마나 아름다운지 모르겠다며 귀찮게 졸졸 따라다녔다. 나는 결국 항복하고 말았다.

댄은 내가 가장 아끼는 폰데로사 소나무에 둥지를 짓고 잔가지로 엮은 방수 덮개까지 달았다. 그 덕분에 엄마, 아빠의 둥지가 초라해 보일 정도였다. 그런데 둥지가 완성되자마자 댄은 목장 주변에서 주워 온 쓸모없는 잡동사니들로 둥지를 채우기 시작했다. 똘똘 뭉친 껌 종이, 나사, 나사받이, 동전, 병뚜껑 따위였다. 내가 그런 걸 왜 주워 오냐고 묻자, 댄은 '예쁘잖아!' 하고 대답했다. 그 말에 내 꽁지 깃털에 대한 댄의 찬사는 완전히 빛이 바래고 말았다. 댄이 '쓰레기 도둑'이라는 악평에 딱 들어맞게 굴자, 나는 속이 메스꺼웠다. 내가 물건을 버릴 때마다 댄이 되찾아 오는 바람에 알을 낳았는데도 제대로 품을 수 없을 지경이었다.

댄은 알을 품으려 하지도 않았다. 나는 밤낮으로 댄의 고물단

지들에 싸여 둥지에 갇혀 지냈다. 댄이 먹이를 갖다 주기는 했지만, 나의 고난은 몇 주 동안이나 이어졌다. 눈이 녹으면서 아름답고 푸른 시냇물 줄기가 다시 모습을 드러내도 물 한 모금 마시러 내려갈 수도 없었다. 신기하게 생긴 새들이 쌩하고 지나갔지만, 그 새들이 남쪽에서 올라왔는지 캐나다에서 내려왔는지 알 도리도 없었다. 그러는 동안 나는 하나뿐인 여동생 마지가 저장탑 사이에서 빙글 뱅글 날며 공중 곡예하는 모습을 지켜보는 수밖에 없었다. 무엇보다 힘든 일은 잭슨 아저씨와 이야기를 나눌 수 없는 것이었다.

댄한테 아들 이름을 지을 권한이 있기에 나는 딸 이름 지을 일을 고대했는데, 막상 알이 다 깨자 딸은 겨우 하나였다. 댄은 아들들 이름을 대니, 데니, 대시, 델, 데이브라고 지었다. 나는 딸한테 아나스타시아라는 이름을 지어 주었다. 나는 여섯 아이의 먹이를 대느라 녹초가 되었다. 그러고도 댄과 함께 아이들한테 나는 법을 가르쳐야 했다. 마침내 아이들이 둥지를 떠나자 얼마나 후련하던지!

"우리 정말 잘 해냈어, 안 그래?"

내 말을 댄이 받았다.

"2절 어때?"

"2절?"

"또 새끼를 갖자는 말이지."

내가 외쳤다.

"또! 제정신이야?"

그러자 댄이 변명하듯 꼬리를 튕기며 말했다.

"많은 까치들이 1년에 두 번씩 새끼를 친다고. 뭐, 당신이 정 싫다면 내년 봄까지 기다려야지."

내년 봄에도 우리가 함께 살 거라는 댄의 생각은 사실 놀라운 것도 아니었다. 많은 까치들이 평생 같은 짝과 사니까. 우리 엄마, 아빠도 그랬다. 그렇지만 내 평생을 댄과 댄의 잡동사니와 함께 살 생각을 하니 몸서리가 쳐졌다.

이튿날 나는 외양간 꼭대기의 작은 상자 지붕으로 날아갔다.

잭슨 아저씨가 말을 걸었다.

"오랜만이로구나."

"알을 낳느라고요."

"아이들은?"

"다 컸어요. 얼마나 다행인지. 잘 지내셨어요?"

"그래."

"음, 궁금한 게 있는데…… 늘 혼자 지내셨나요?"

"혼자라는 게 무슨 뜻이냐에 따라 다르지. 왜 그런 걸 묻지?"

"으음, 댄이 내년 봄에 또 새끼를 치자고 했어요. 그런데 그 말을 들으니까 앞이 캄캄해지는 거예요. 제가 이상한 걸까요?"

"보통 까치들한테는 좀 이상한 일이긴 하지. 하지만 네가 보통 까치였다면 당연히 너랑 이야기도 안 나누었을 거다."

이 말에 나는 기분이 좀 나아졌다.

아저씨는 내 마음을 읽기나 한 듯이 이렇게 덧붙였다.

"문제는, 남과 다르면서 동시에 같아지기는 힘들다는 거야. 보통은 둘 중에 한쪽을 택해야 하지."

나는 두 가지를 다 하려고 했던 것 같았다. 하지만 다른 형제들처럼 되려다가 비참해졌을 뿐이었다.

"댄과 함께 살지 않는 것이 충실하지 못한 걸까요?"

"글쎄, 내가 지난 세월 동안 배운 게 있다면 바로 이거란다. 너 자신한테 먼저 충실하지 못하면 다른 이들한테도 충실할 수 없다는 거지."

아저씨의 지혜로운 말이 감격스러웠다. 폴짝 뛰어서 아저씨 뺨에 뽀뽀하고 싶을 정도였지만 그런 애정 표현을 하면 깜짝 놀랄 것 같아서 그 대신에 맛있는 먹이를 갖다 주기로 했다. 그래서 얼른 소들이 모인 울타리 안으로 날아가 수소 등에 앉았다.

나는 혀 밑에 있는 주머니에 진드기들을 모았다. 그때 하늘에서 푸른 빛줄기 하나가 떨어지더니 근처 철조망 울타리 위에 내려앉았다. 전기가 흐르는 울타리였는데, 맹세컨대, 마치 거기에서 전기가 펄쩍 튀어서 내 몸을 뚫고 지나간 것 같았다.

2

　그날은 화창한 봄날이었지만, 울타리 위의 그 새에 비하면 파란 하늘빛이 바래 보일 정도였다. 그렇게 멋진 새는 난생처음이었다. 하지만 그 새는 전기가 성가셨는지 방목장 쪽으로 날아가 버렸다. 나는 멍하니 수소 위에 앉아 그 새가 보이지 않을 때까지 눈을 떼지 못했다.

　나는 상자 지붕 위로 돌아왔다. 잭슨 아저씨는 진드기를 고맙게 받아먹었지만 썩 좋아하는 것 같지는 않았다.

　"방금 굉장한 새를 봤어요."

　그러자 잭슨 아저씨가 짐작해서 말했다.

　"산파랑새* 말이냐? 오늘 아침에 봤어. 녀석은 소들 주위에 우글거리는 파리나 각다귀들을 좋아하지."

그날은 다시 보지 못했지만, 이튿날 아침에 농가 굴뚝 위에서 파랑새를 발견했다. 날아가서 말을 걸고 싶었지만 어쩐지 파랑새 앞에서는 입도 벙긋하지 못할 것 같았다. 그 새는 그 정도로 눈이 부셨다.

나는 그날 아무것도 입에 대지 못했다. 밤에는 제대로 잠을 이룰 수도 없었다.

아침에 댄이 말했다.

"안색이 안 좋아 보여."

병에 걸린 것처럼 정말 그랬다. 하지만 댄한테 속마음을 털어놓을 수는 없기에 나는 외양간 상자 지붕으로 날아가서 잭슨 아저씨를 기다렸다. 아저씨는 수수께끼에 둘러싸인 미란다한테 갔는지 먹이 은닉처에 갔는지 보이지 않았다. 그새 갑자기 비가 쏟아졌다. 나는 비를 피해 외양간 다락 안으로 날아갔다. 그런데 얼마 뒤 파랑새가 빗속을 뚫고 쏜살같이 날아오더니 나랑 조금 떨어진 곳에 내려앉는 게 아닌가.

파랑새가 멋진 깃털에서 빗방울을 털어 내며 말했다.

"대단한 빗줄기야."

내가 우물거리며 입을 열었다.

---

*푸른 울새, 산파랑지빠귀라고도 한다. 아이다호주와 네바다주를 상징하는 새로, 수컷은 거의 몸 전체가 파란색을 띤다.

"혹시……?"

"혹시?"

나는 더듬거렸다.

"혹시, 내가, 아니 여기가 마음에 드니? 그러니까, 비가 이렇게 많이 오지 않으면 말이야."

파랑새는 흐트러진 지푸라기 사이에서 벌레 한 마리를 쪼아서 꿀꺽 삼켰다.

"나쁘지는 않네."

나는 파랑새의 이름을 알고 싶어서 죽을 지경이었지만 내가 물으면 내 이름도 물을 것이 뻔했다.

파랑새가 물었다.

"여기 오래 살았어?"

"평생 살았지."

"아아. 그럼 넌 바다를 본 일이 없겠구나."

"그게 뭔데?"

"세상에서 가장 넓은 거래. 아주 파랗고."

나는 눈을 휘둥그레 뜨며 물었다.

"너처럼 파랗다고?"

"나도 아직 못 봤어."

"한번 가 보고 싶네."

"그렇게 생각한다니 반가운데."

나는 파랑새가 같이 바다를 보고 싶어 할지도 모른다는 생각에 가슴이 방망이질 쳤다.

"어느 쪽에 있는데?"

파랑새가 부리로 건초 다락 너머를 가리켰다. 서쪽이었다.

내가 물었다.

"여행은 많이 해 봤니?"

"엄청 많이 했지."

파랑새는 수목 한계선 너머까지도 가 봤고, 소금물 호수도 맛보았으며, 한밤중에도 대낮처럼 밝은 도시에도 가 봤다고 했다. 파랑새가 모험담을 늘어놓는 사이에 어느새 비가 그쳤다.

파랑새가 오른쪽 날개를 흔들어 지푸라기를 떼어 내며 말했다.

"그럼, 이만 가 봐야겠군. 그런데 이름이 뭐야?"

나는 우물거리며 대답했다.

"매기."

"까치인데 매기라."

"내가 지은 이름은 아니라고. 네 이름은?"

"트릴비."

트릴비가 날아간 뒤, 내 머릿속에는 온통 눈부신 이 이름을 어떻게 부를까 하는 생각뿐이었다. 그날 밤 나는 그 이름을 말하는 장면을 조용히 연습했다. '좋은 아침이야, 트릴비.', '안녕, 트릴비.', '잘 있었어, 트릴비?' 하지만 이튿날에 그 이름을 부를 기회는 없었다. 트릴비는 온데간데없었다. 그다음 날 아침에도 트릴비가 보이지 않자, 나는 미칠 지경이었다. 나는 잭슨 아저씨가 풍향계로 올 때까지 기다렸다가 곧장 그리로 날아갔다.

나는 태연한 척하며 물었다.

"그 파랑새 못 보셨죠?"

"어제 외양간 제비들이 쫓아냈단다. 자기들 벌레를 가로챈다고 싫어했거든."

숨이 턱 막혔다. 아저씨는 나를 한 번 쳐다보더니 부리로 서쪽을 가리켰다.

"저리로 갔단다."

나는 곧장 트릴비를 쫓아가지 않았다. 먼저 건초 포장 기계로 내려가서 운반 벨트 위에 있는 낟알을 쪼아 먹는 척했다. 적당한 시간이 흐르자, 나는 서쪽으로 날아갔다.

목장 입구의 팻말을 읽으러 왔을 때 말고는 목장 밖으로 나와 본 일이 없던 터라, 목장이 끝남을 알리는 울타리를 넘어갈 때는 가슴이 마구 방망이질 쳤다. 빠르게 날아 나무가 빽빽한 깊은 계곡 위를 지나 확 트인 방목장으로 나왔다.

나는 짧고 빠르게 날아다니는 데 익숙했다. 지금처럼 먹이를 먹으려고 잠깐씩 멈출 때 말고는 몇 시간 동안 줄곧 나는 것이 꽤 고되었다. 그렇지만 놀라운 광경을 구경할 수 있었다. 자동차

몇백 대만큼이나 긴 기차, 양 방목장, 저장탑만큼이나 기다란 무시무시한 날개가 달린 풍차, 주와 주를 연결하는 고속 도로, 댐으로 막힌 호수, 황금빛 이삭을 흔들며 끝없이 펼쳐진 밀밭, 탑처럼 우뚝 솟은 곡물 창고, 왜가리와 물수리들이 사는 커다란 강과 이따금씩 강에서 눈에 띄는 낚시하는 인간들의 모습들이었다.

해 질 녘에 폰데로사 소나무를 발견하고 지친 날개를 쉬었다. 이제까지 본 신기한 광경으로 내 머릿속이 꽉 차 있을 거라 생각할지 모르겠지만, 사실 트릴비 말고는 다른 것이 들어올 틈이 없었다. 나무에서 나는 익숙한 바닐라 냄새 덕분에 잠이 들기는 했지만, 이내 꿈에 트릴비가 나타났다.

이튿날은 이리저리 더 헤매며 날아다녀야 했다. 들종다리들이 파랑새에 대해 엇갈리는 이야기를 해 주었기 때문이다. 어둑어둑해져서야 풍금조한테서 확실한 단서를 얻을 수 있었다. 풍금조는 뷰트* 쪽으로 날아가는 파랑새 한 마리를 확실히 봤다고 말했다.

"뷰트가 뭐니?"

"인간들이 우글거리는 곳이지. 고속 도로를 따라가면 돼."

나는 길가 광고판 뒤에 붙은 버팀목 위에서 잠을 잤다. 그러고는 아침이 되자 풍금조 말에 따라 서쪽으로 향하는 차량들을 따

*미국 몬태나주에 있는 도시.

라 날아갔다. 그러다 한낮 무렵 전깃줄에 홀로 앉아 있는 트릴비를 발견했다. 심장이 세차게 고동쳤다.

트릴비 옆으로 날아 내려가며 소리쳤다.

"트리-이-일-비!"

그러자 트릴비가 귀찮은 얼굴로 말했다.

"매기? 대체 여기까지 웬일이야?"

나는 가슴이 철렁 내려앉았다.

"으응…… 바다를 보러 같이 갈 수 있지 않을까 해서."

트릴비가 파란 어깨를 으쓱하며 대꾸했다.

"뭐, 안 될 거야 있겠어? 하지만 미리 말해 두는데, 우리가 좀 이상하게 보이긴 할 거야. 파랑새랑 까치가 함께 날아다니다니, 원. 게다가 아주 긴 여행이 될 수도 있어."

트릴비가 다시 입을 열 때까지 얼마나 시간이 흘렀는지 짐작할 수 없었다.

"출발해 볼까?"

트릴비가 날아올랐어도, 나는 꿈쩍도 하지 않았다. 트릴비는 머리 위에서 두세 번 휘휘 돌더니 그대로 서쪽으로 날아가 버렸다. 나는 트릴비가 날아가는 것을 보려고 고개를 돌리지도 못했다. 마치 돌처럼 굳은 것 같았다.

나는 전깃줄에 밤새도록 앉아 있었다. 차량이 많이 다니는 도로는 아니었지만 이따금씩 자동차 전조등이 어둠을 밝혔고, 바퀴가 열여덟 개나 달린 초대형 트레일러트럭 한 대가 지나가며 내 깃털을 헝클어 놓았다. 해가 떠오르고 나서 보니, 서쪽에 희뿌옇게 있던 것은 구름이 아니라 눈 덮인 산봉우리들이었다. 나는 눈 덮인 흰 산봉우리들 위로 눈이 시리도록 푸른 트릴비가 날아가는 모습을 상상하며 괴로워했다. 배 속이 텅 비었지만 너무 낙담한 나머지 먹이를 구하러 다닐 마음도 나지 않았다. 나는 햇빛을 받으며 그냥 앉아 있었다.

해가 질 무렵, 검은꼬리사슴 떼가 어슬렁거리며 도로를 건넜다. 사슴들한테 진드기가 있을 것이 뻔했지만, 내려가서 확인해 볼 마음도 없었다. 땅거미가 내려앉자 나는 의식이 몽롱해졌고, 전선을 너무 오랫동안 잡고 있던 나머지 발에 쥐가 났다. 막 의식을 잃으려고 하는데, 쿵 하는 요란한 소리가 났다. 정신이 번쩍 들었다.

바로 밑에서 사슴 한 마리가 길가에 쓰러져 있었다. 어린 암사슴이었다. 사슴을 친 자동차가 조금 더 가서 서더니, 사람이 밖으로 나와 자동차 앞쪽을 살폈다. 그러고는 사슴은 거들떠보지도 않은 채 차를 몰고 그대로 가 버렸다. 사슴은 꼼짝도 하지 않았다. 다음에 지나가는 차의 불빛에 사슴 옆구리에 흐르는 피가 반짝거렸다.

밤이 깊어질수록 사슴 냄새도 강해졌다. 나는 결국 전깃줄을 떠나 사슴 사체로 내려갔다. 그러고는 사슴 고기를 조금 뜯어 먹어 보았다. 그렇게 맛있는 고기는 난생처음이었다. 목장에서 가장 맛있었던 음식 찌꺼기보다도 훨씬 맛있었다.

나는 쉬지 않고 먹어 댔다. 실컷 먹고 나니 내 의지와 달리 기운이 차려졌다. 트릴비의 냉담한 태도를 생각하면 아직도 가슴이 할퀴어진 듯 아팠지만 이제 못 참을 정도는 아니었다. 누군가에게 이 일을 털어놓고 조금이나마 위로를 받고 싶은 마음이 간절해졌다. 댄의 위로는 꿈에도 생각할 수 없었으므로 자연히 잭슨 아저씨가 떠올랐다.

이튿날 하루 종일 동쪽으로 날아갔다. 밤에는 거의 말라 버린 연못 옆 버드나무에서 잠을 잤다. 다음 날 아침 일찍 출발하자, 한낮이 되기 전에 트리플바 T 목장의 쌍둥이 저장탑이 보였다. 풍향계에 잭슨 아저씨가 보이지 않자 나는 무의식적으로 폰데로사 소나무로 향했다. 내가 없는 동안 댄이 잡동사니를 더 모은 탓에 둥지 안에 간신히 들어갈 수 있었다. 이내 댄이 클립 하나를 물고 돌아왔다.

댄이 최신 수집품을 던져 넣으며 외쳤다.

"죽은 줄 알았잖아! 어디 갔었어?"

"여행 좀 다녀왔어."

"여행이라고?"

"목장 밖에는 구경할 게 많더라고."

"나한테 말도 없이 며칠 동안이나 여행을 다녀왔다고?"

댄은 발끈 성을 내더니 내가 대답을 생각해 내기도 전에 날아가 버렸다. 물론 대답할 말도 없었다. 다시 생각해 보니 내가 너무했다는 생각이 들었다. 하지만 아무리 우리가 함께 알을 낳은 사이였어도, 댄은 나한테 그다지 큰 의미가 없었다. 댄 역시 나를 자기 잡동사니들만큼도 소중히 여기지 않음을 나는 잘 알고 있었다.

나는 잭슨 아저씨는 소중하게 생각했다. 하지만 내가 없는 동안, 잭슨 아저씨는 미란다와 더 많은 시간을 보내는 것이 분명했다. 오후 내내 풍향계에 나타나지 않았기 때문이다. 나는 주위를 살펴보며 날아다녔다. 그러다가 반짝거리는 나비 모양 너트를 입에 문 댄과 마주쳤는데, 댄은 쌀쌀맞게 굴었다. 댄이 아이들한테도 뭔가 말한 모양인지, 아이들도 똑같이 냉랭했다.

그날 밤, 나는 외양간 건초 다락에서 밤을 지내며 그곳에서 있었던 가슴 아프도록 아름다운 트릴비와의 짧은 추억에 대해 꿈을 꾸었다. 아침이 되자 잭슨 아저씨가 나를 보고 와 주기를 바라며 외양간 사각 지붕으로 날아갔다. 한낮이 되어도 잭슨 아저씨가 나타나지 않자, 여태까지 한 번도 해 보지 않은 일을 했다. 미루나무 아래에 있는 아저씨의 먹이 은닉처에 간 것이다.

나는 큰맘 먹고 조심스럽게 나무뿌리 사이에 난 구멍으로 들어갔다. 어둠이 눈에 익자 낙엽 더미 위에 가지런히 놓인 짙은 색 날개깃 몇 개가 보였다. 그러나 아저씨는 없었다. 먹이도 없었다. 나가려고 돌아서는데, 땅에 박혀 있는 십자가가 보였다. 두 나뭇조각이 만나는 곳에 서툰 솜씨로 "M"이 새겨져 있었다.

이것이 바로 미란다와 단 한 번도 마주치지 못한 이유였다. 잭슨 아저씨는 먹이가 아니라 미란다의 무덤 때문에 여기로 내려왔던 것이다.

나는 외양간 사각 지붕으로 다시 날아가서 이제껏 해 보지 않은 일을 한 가지 더 했다. 아저씨의 이름을 크고 또렷하게 불렀던 것이다. 그랬더니 외양간 지붕 위를 달려가던 다람쥐가 멈춰서서 나를 쳐다보았다.

다람쥐가 말했다.

"그 늙은 까마귀?"

"응."

"며칠 전에 총에 맞았어."

"뭐라고?"

"빨간 모자를 쓴 작은 인간이 풍향계에 있던 까마귀한테 닥치는 대로 총을 쏴 댔어. 그런데 정말 신기하게도 까마귀를 맞혔지 뭐야."

다람쥐가 텁수룩한 꼬리로 북쪽을 가리키며 덧붙였다.

"벌레들이 꼬이지 않았을까 모르겠네."

나는 간신히 날개를 움직여 외양간 처마 아래로 내려갔다. 가스통과 낡은 타이어 더미 사이 그늘진 곳에 거뭇한 형체가 보였다. 나는 그 옆에 내려앉아 쉿쉿거렸다.

"저리 가!"

벌레들은 들은 척도 하지 않았다. 벌레들 대부분이 아저씨 목에 난 상처 주위에서 우글거렸다. 나는 벌레들을 일일이 떼어 냈다. 평소 같았으면 벌레들을 먹어 치웠겠지만, 녀석들이 아저씨를 이미 뜯어 먹은 터라 예의가 아닌 것 같아서 그냥 뱉어 냈다.

벌레들을 깨끗이 다 치우고 나서 아저씨의 오른쪽 눈을 들여다보았다. 예전의 반짝임은 온데간데없이 흐리멍덩했다. 아저씨가 마지막으로 어떤 생각을 했을지 궁금했다.

나는 옴이 오른 아저씨의 한쪽 다리를 물고서 얼마간 끌고 갔다. 그러고는 삼시 쉬었다. 다시 아저씨 디리를 물고서 얼마간 더 끌고 갔다.

시간이 오래 걸렸지만, 마침내 아저씨를 외양간 모퉁이까지 끌고 갔다. 아저씨와 나는 둘 다 흙먼지를 뒤집어쓴 상태였다. 아저씨를 죽인 빨간 모자가 미루나무 아래에서 여동생과 공차기를 하고 있었다. 해가 뉘엿뉘엿 지자, 다른 사람 하나가 저녁 먹으라고 소리쳤다. 남자아이와 여자아이는 그래도 계속 공차기를 했다. 하지만 더 날카롭게 부르는 소리가 나자, 아이들이 공차기를 그만두고 집으로 들어갔다.

해가 거의 졌을 무렵에야 나는 아저씨를 끌고 미루나무 뿌리 사이에 있는 은신처에 도착할 수 있었다. 아저씨가 미란다의 십자가를 볼 수 있게 고개를 세워서 나뭇잎 침대 위에 눕히고는 옆에 털썩 주저앉았다. 할 일을 마치고 나니 슬픔이 파도처럼 밀려왔다. 잭슨 아저씨는 가 버렸다, 그 모든 멋진 지식과 함께! 무엇 때문에? 버르장머리 없는 사내아이의 한순간의 만족을 위해. 영혼도 없고 날개도 없는 천한 동물 같으니!

어두워지는 하늘을 보고 있자니 아저씨뿐 아니라 나도 불쌍하다는 생각이 들었다. 아름다운 트릴비한테 거절당하고, 세상에 단 하나뿐인 친구까지 잃다니. 이제 무슨 낙으로 세상을 살지 암담해졌다. 사라져 가는 햇빛을 따라 나도 사라져 버렸으면 하는 생각이 들었다.

그런데 운명의 여신이 내 생각을 읽은 것 같았다.

은신처 바로 바깥에서 모들뜨기* 한 쌍이 빛나고 있었다. 여우의 눈이었다. 나는 갇혔다. 밖으로 나가려면 여우를 지나는 수밖에 없었다. 여우도 그 사실을 알았다. 여우의 주둥이가 씰룩거리고 얇은 입술이 히죽거리는 것 같았다. 여우가 낮게 그르렁거리며 날카로운 이빨을 드러내자, 나는 온몸을 벌벌 떨면서 잭슨 아저씨 밑으로 파고들었다. 그렇게 아저씨의 날갯죽지와 썩어가는 나뭇잎들 사이로 고개를 처박고 있는데, 억 하는 짧은 비명이 들렸다. 홱 고개를 들었다. 여우는 사라지고 없었다. 나는 쏜

*두 눈동자가 안쪽으로 치우친 눈.

살같이 날아 그곳을 빠져나왔다. 여우를 입에 물고 지는 해 쪽으로 걸어가는 것은 인간들의 과녁에 그려져 있던 바로 그 모습이었다.

3

    나는 방망이질 치는 가슴을 안고 아저씨가 앉곤 했던 풍향계에 내려앉았다. 방금 전까지만 해도 여우의 먹잇감으로 죽을 목숨이었는데, 이렇게 외양간 꼭대기에 앉아 있다니. 고요한 저녁 공기를 천천히 깊게 들이마셨다. 서쪽 하늘이 잘 익은 복숭앗빛으로 물들어 있었다. 동쪽 하늘에서 거의 꽉 찬 보름달이 떠올랐다. 그 사이의 거대한 공간은 신비스러운 짙푸른 빛이었다. 내가 살았는지 죽었는지 이 세상 아무도 신경 쓰지 않는다 해도, 나는 살아 있는 게 기뻤다.

    미루나무 잎은 하나도 흔들리지 않는데, 닭장에서는 닭들이 술렁거렸다. 이 시간에는 드문 일이었다. 이내 전기 울타리 안에 있던 소들이 소란스럽게 울어 대고, 작은 방목지 안에 있던 말들이 히힝거리며 울었다. 방충망을 댄 문이 휙 열렸다. 귀마개 모자가 나오더니 마당을 성큼성큼 가로질러 갔다. 나는 총소리가 날 때까지도 귀마개가 총을 가지고 있는지 몰랐다. 소, 닭, 말 들이 미쳐 날뛰었다. 문이 또 휙 열리더니, 빨간 모자와 여동생이 튀어나왔다. 귀마개가 다시 총을 쏘았다. 총소리가 네다섯 번 더 들리고 나서, 인간들이 우르르 집으로 돌아왔다.

빨간 모자가 물었다.

"진짜 늑대였어요, 아빠?"

귀마개가 대답했다.

"틀림없어."

"맞힌 거 같아요?"

"아침에 둘러보자꾸나. 못 맞혔다면, 사람들한테 알려야지."

인간들이 집 안으로 들어갔다. 곧 가축들도 잠잠해졌다. 늑대가 죽었다는 말일까? 나는 그러지 않았기를 바랐다. 위험에서 구해 줘서 고맙다는 말도 못 했는데. 그렇지만 아저씨의 죽음과 나도 거의 죽을 뻔한 사건으로 충격이 너무 커서 지친 나머지 늑대를 찾아 나설 엄두는 나지 않았다. 건초 다락으로 내려가 잠을 잘 힘도 없었다.

나는 수탉 우는 소리에 잠이 깼다. 하늘은 완전히 뒤바뀌어 있었다. 달은 서쪽으로 기울었고, 동쪽 지평선이 발그레 빛났다. 늑대가 살았는지 죽었는지 모르겠지만, 어쨌든 나는 늑대를 찾아보러 나섰다. 큰 원을 그리며 목장을 둘러보았는데, 수소의 해골은 있었지만 죽은 늑대는 보이지 않았다. 나는 목장 바깥까지 둘러보았다. 바깥 풍경은 휑뎅그렁했다. 결국 목장 입구에서 북쪽으로 2킬로미터쯤 떨어진 곳에 물이 마른 개울 바닥에서 한 뭉치 풀밭 위에 웅크려 잠든 늑대를 발견했다. 매년 이맘때쯤이면 개울물이 별로 많지 않았다. 여우도 거의 남아 있지 않았다. 나는 여우 사체 옆에 있는 딱총나무에 내려앉았다.

늑대를 제대로 보는 것은 생전 처음이었지만, 녀석이 아주 큰 늑대임을 한눈에 알아볼 수 있었다. 날이 밝아 오자, 늑대의 목에도 목장에 있는 개들처럼 목줄이 있는 게 보였다. 물론 개들 것보다 두꺼웠고 혹이 하나 달려 있었다. 늑대의 반들거리는 잿빛 털에 푸른빛이 돌았다.

늑대는 다리를 움찔하더니 이내 눈을 껌뻑이며 떴다. 노란빛이 도는 눈이었다. 늑대가 일어나 몸을 흔드는 모습을 보니 여우가 불쌍하다는 생각마저 들었다. 육중한 뒷다리, 탄탄한 목과 어깨, 길면서 강인한 턱을 지닌 이 늑대는 확실히 사냥을 위해 태어난 몸이었다. 늑대는 남아 있는 여우 사체를 향해 경멸하듯 코를 실룩거리더니 개울물을 후루룩 들이마셨다. 이내 늑대가 총총거리며 떠나자, 나는 늑대 등에 대고 외쳤다.

"고마워!"

늑대가 뒤돌아보았다. 위협적인 늑대의 눈빛에 나는 몸을 웅크리며 날아오를 준비를 했다.

늑대가 으르렁거리며 물었다.

"뭐가?"

나는 부리로 여우를 가리켰다.

"저 녀석이 나를 막 죽이려던 참에 네가 잡아갔거든."

"그럼 얼마든지 먹어."

늑대는 이렇게 말하고는 북쪽으로 빠르게 걸어갔다.

사실 몹시 배가 고팠던 터라 늑대가 시야에서 사라지자 아래로 내려가 여우를 맛보았다. 암사슴만큼 맛있지는 않지만 아직 신선했다. 나를 잡아먹으려고 했던 녀석을 먹는다는 묘한 만족감도 있었다.

막 식사를 끝낼 무렵 총소리가 들렸다. 곧이어 늑대가 개울 바닥을 뛰어 돌아왔다. 나는 재빨리 딱총나무 꼭대기로 올라갔다. 늑대는 근처에서 멈춰 서더니 등에 바짝 힘을 준 채 웅크리고 앉았다.

늑대가 다치지 않은 것을 보고 다행이라 생각하며 내가 말했다.

"트리플바 T 목장 주인이 네 소문을 퍼뜨린댔어."

늑대가 의심스러운 눈초리로 올려다보았다. 내가 어디에서 왔냐고 묻자, 늑대가 주둥이로 남쪽을 가리켰다. 나는 옐로스톤 국립 공원을 가리킨 것임을 알아채고 말했다.

"그냥 거기서 살지 그랬어. 이쪽 목장 주인들은 늑대들을 좋아하지 않아."

늑대는 내 충고는 아랑곳 않고 이번에는 몸을 낮춘 채 다시 북쪽으로 발을 옮겼다. 나는 그 자리에서 기다렸다. 몇 분 지나지 않아 총성이 또 울렸고, 늑대가 개울 바닥을 따라 뛰어왔다.

"사람들이 너를 죽이려고 나온 거야. 옐로스톤으로 돌아가. 거기에서는 너한테 총을 쏘지 못하잖아."

그러자 늑대가 말했다.

"집에 가야 해."

"집이 어딘데?"

늑대가 주둥이로 북쪽을 가리켰다.

"캐나다? 그럼 어쩌다가 옐로스톤에 가게 된 거야?"

"나도 모르겠어. 동생하고 사냥하고 있었는데 어느 순간에 보니 우리에 갇혀 있었어."

"동생은 어디에 있는데?"

"그 한심한 녀석 얘기는 꺼내지도 마."

"그나저나, 캐나다가 뭐 그리 대단하다고?"

"먹여 살려야 할 새끼가 다섯이나 있어."

"그렇다면 가장 좋은 방법은 베어투스산으로 되돌아가는 거야."

나는 남쪽을 가리킨 뒤 말을 이었다.

"그 산줄기를 따라 서쪽으로 갈 수 있어. 그럼 아이다호주에서 그쪽으로 가는 산줄기를 하나 만날 거야. 내가 직접 봤어. 그렇게 산줄기들을 따라가다 보면 캐나다로 갈 수 있어."

늑대는 믿지 못하겠다는 얼굴로 다시 북쪽으로 길을 나섰다. 총알이 빗발치고 다시 늑대가 쫓겨 왔다. 늑대는 고집이 여간 센 게 아니었다. 늑대가 오전 내내 올라갔다 내려오기를 반복하자 급기야 사냥꾼 둘이 지프차로 늑대를 쫓아오기에 이르렀다. 총성이 시작되자, 나는 급히 개울을 떠났다. 사람들 사격 솜씨를 믿을 수 없으니 잘못해서 맞을까 봐 두려워서였다.

트리플바 T 목장 입구에 이르렀을 즈음 소란스러운 소리에 뒤돌아보니 늑대가 내 뒤를 따라 달려오고 있었다. 늑대 뒤로 먼지구름이 보였다. 당연히 자동차였다. 생명의 은인이니 아무래도 도와야 할 것 같아 나는 소리를 꽥 지르며 서쪽으로 방향을 틀었다. 늑대가 따라왔다. 나는 트릴비를 쫓아갔을 때 지났던 계곡으로 늑대를 이끌었다.

계곡은 자동차가 달리기에는 바위도 많고 나무도 너무 빽빽했지만, 늑대한테 바위와 나무쯤은 아무것도 아니었다. 늑대는 남쪽으로 길을 잡았다. 계곡이 끝나 가는 곳에 이르자 나는 계곡 끝과 베어투스산 기슭 사이에도 목장들이 있으니 조심하라고 일러 주었다.

"잠깐 눈 좀 붙이고 어두워지면 가."

늑대가 대답했다.

"배가 고픈데. 어쨌든 도와줘서 고마워."

늦대가 계곡 아래로 내려가자, 나는 트리플바 T 목장으로 향했다. 하지만 외양간과 사료 저장탑이 눈에 들어온 순간, 저곳에는 나를 위한 것이 아무것도 없음을 깨달았다. 잭슨 아저씨도 없고, 댄과 새끼들도 멀어진 상태였다. 목장이 시작되는 울타리 위에 앉아 멀리 보이는 풍향계를 쓸쓸히 바라보고 있자니 자기 자신의 본성에 충실하라던 잭슨 아저씨의 말이 떠올랐다. 나는 가족 없이 세상에서 홀로 지내는 것이 내 본성일 것 같은 불길한 예감이 들었다.

얼마 뒤 내 뒤에서 목이 쉰 듯한 오싹한 비명 소리가 났다. 또다른 불길한 예감이 들었다. 비록 총성은 없었지만, 늦대가 위험을 무릅쓰고 계곡을 벗어났다가 고통스럽게 죽게 된 게 틀림없다는 생각 말이다. 나는 확인해 보려고 되돌아갔다가 계곡의 동쪽에서 늦대를 발견했다.

늦대는 죽어 가고 있지 않았다. 죽기는커녕 놀라운 속도로 움직였다. 늦대는 소리조차 내지 않고 키 작은 소나무 사이를 누비며 가지뿔이 열 개인 수사슴을 쫓아갔다. 그러다가 놀라울 정도로 높이 뛰어오르더니 사슴의 목덜미에 내려앉았다. 그러고는 내가 날개를 세 번 치기도 전에 사슴을 무릎 꿇리고 숨통을 끊어 놓았다.

나는 땅딸막한 소나무에 앉아 늑대가 사슴을 찢는 모습을 지켜보았다. 늑대가 게걸스럽게 먹는 모습은 무시무시했다. 하지만 늑대가 사슴을 사냥할 때의 속도와 잔인함은 숨 막힐 정도로 대단했음을 인정하지 않을 수 없었다. 그런 모습은 본 적이 없었다. 이 늑대도 날지 못하는 영혼 없는 존재였지만, 마음속에 존경심 같은 것이 살짝 일었다.

늑대는 배불리 먹은 뒤 뒤로 물러앉아 기다란 혀로 주둥이에 묻은 피를 닦았다. 아직 사슴 고기가 많이 남아 있었다. 기막히게 맛있는 냄새가 났다.

"대단한 사냥꾼이야."

내 말에 늑대가 고개를 들고 나를 보더니 놀란 표정을 지었다. 그러고는 말했다.

"무리로 다니면 더 잘해."

"혹시 내가 좀 먹어도……?"

늑대가 무뚝뚝하게 대답했다.

"맘껏 먹어."

사슴 고기가 늑대 가까이에 있기는 했지만, 나는 아주 약간 긴장만 한 채 아래로 내려가서 고기를 실컷 먹었다. 이렇게 맛있는 고기를 눈앞에 놔두고 한입도 안 되는 깃털 덩어리를 먹으려 할 리가 있겠는가? 신선한 사슴 고기는 맛이 기가 막혔다.

내가 고기를 쪼아 먹는데, 늑대가 하품을 하며 하늘을 쳐다보았다. 계곡은 어두워졌지만 하늘은 아직 밝았다.

늑대가 말했다.

"네가 말한 대로 잠깐 눈이라도 붙여야겠군."

늑대는 제자리에서 몇 바퀴 빙빙 돌더니 솔잎 위에 누웠다. 그러고는 금세 잠이 들었다. 사람들과 전쟁을 벌이고 사슴을 사냥한 뒤이니 놀라울 것도 없었다. 나는 배불리 먹은 뒤 다시 땅딸이 소나무 위로 올라가서 잠든 늑대를 졸린 눈으로 바라보았다. 졸린 가운데에서도 이렇게 믿음직한 밥줄과 함께 다니면 안 될 이유라도 있을까 하고 생각해 보았다.

4

늦대와 내가 늦은 낮잠에서 깨어나 보니, 하늘이 내 꼬리깃털 만큼이나 새까매져 있었다. 늦대는 계곡 위로 올라가 정남쪽으로 향했다. 늦대가 목장 주위를 지나가자 소 떼가 법석을 떨었지만, 늦대가 소 떼를 건드리지 않았으므로 사람들과 마주치는 일은 없었다.

동틀 무렵이 되자 우리는 베어투스산 기슭에 이르렀다. 그러고는 꽤 높은 데까지 올라가자, 늦대는 전에 하던 대로 제자리에서 몇 바퀴 돌더니 바위 그늘에 자리를 잡고 잠을 잤다. 오후 늦게 깨어난 늦대는 산토끼 한 마리를 사냥했다. 우리 둘 다 사슴 고기보다 훨씬 질기다고 의견을 모았지만, 어쨌든 먹을 만은 했다. 먹이를 먹고 쉬는 동안, 나는 늦대의 이름을 물어보았다.

"블루보이. 너는?"

늘대한테 내 이름을 말하고 나서 나는 간발의 차이로 황금 기회를 놓쳤음을 깨달았다. 미란다나 로절린드나 에반젤린 같은 멋진 이름을 댈 수도 있었는데. 어차피 알 도리도 없잖아? 적어도 이 늘대는 '까치 매기라니' 하며 놀리지는 않았다.

며칠 동안은 산줄기를 따라 서쪽으로 나아갔다. 나는 사냥감을 발견하는 재주가 있고 블루보이는 워낙 훌륭한 사냥꾼이어서, 우리는 먹이를 먹고 나서 이야기할 시간이 많아졌다. 블루보이는 말이 많은 편은 아니었지만, 나는 끊임없는 질문 세례와 약간의 상상력으로 블루보이의 이야기를 짜 맞출 수 있었다.

험준한 산악 지형도 블루보이한테는 식은 죽 먹기였는데, 그게 다 캐나다 로키 산맥에서 자랐기 때문이었다. 블루보이는 새끼들 가운데 맏이였다. 알고 보니 늘대들한테는 맏이라는 사실이 대단한 일이었다. 맏이는 젖이 가장 많이 나오는 젖꼭지를 차지할 수 있기 때문에 다른 새끼들에 비해 큰 이득을 얻을 수 있어서 결국 공식 후계자가 되는 것이다. 하지만 맏이건 막내건 간에 새끼 늘대들의 삶은 새끼 까치들보다 훨씬 더 위험한 것 같았다. 블루보이의 형제들은 여섯이었는데 첫여름이 끝나 갈 무렵에는 두 마리밖에 남지 않았다. 여동생 셋은 모두 죽었는데, 하나는 개울에 빠져서, 또 하나는 독수리한테, 마지막 하나는 영문도 모르게 죽임을 당했다. 남동생 하나는 이웃 늘대 무리 영토에 너무 가까이 다가간 바람에 갈기갈기 찢기고 말았다.

"남은 남동생도 거의 죽을 뻔했지."

"어쩌다?"

"올빼미한테."

"용케 도망쳤구나?"

그러자 블루보이가 콧방귀를 뀌며 대답했다.

"죽는 게 나을 뻔했어."

남동생 이름은 설리였다. 태어난 후 세 번째 여름에 블루보이가 무리에서 독립할 때, 설리도 따라 나왔다. 그 이듬해 봄에 블루보이는 베스라는 늑대와 짝짓기를 해서 새끼를 다섯 마리 낳았다. 고향에서의 마지막 기억은 설리와 함께 새끼들한테 가져다줄 먹이를 사냥하러 나갔을 때였다.

이제 보니, 블루보이와 설리는 신경 안정제 화살을 맞은 뒤 남쪽으로 수백 킬로미터 떨어진 옐로스톤 국립 공원 동물 보호소로 옮겨진 것이었다. 의식을 찾고 보니 둘은 목에 목줄을 두른 채 우리에 갇혀 있었다. 다른 우리에도 캐나다 늑대들이 있었지만, 사람들의 눈길을 끈 것은 단연 블루보이와 설리였다. 아마 색깔 때문이었을 것이다. 둘은 신기하게도 털에 푸른빛이 돌았다.

신경 안정제의 효과가 떨어지자 블루보이는 맨 먼저 목에 둘러진 성가신 줄을 없애려고 했다. 하지만 철조망에 문질러도 소용없었고, 설리가 씹어서 끊어 주려 해도 소용없었다.

블루보이가 투덜거렸다.

"베스라면 잘했을 텐데. 어서 집으로 가자."

블루보이가 몸을 잔뜩 웅크려 철조망을 향해 돌진하려고 하자, 설리가 다른 우리에 있는 늑대들이 그렇게 하다가 털도 빠지고 이빨도 빠졌다며 말렸다.

"형은 정말 멋진 이빨을 가졌어. 근데 뭐 하러 그럴 필요도 없는 일에 그 멋진 이빨을 써?"

그러고는 우리 구석에 쌓인 장작더미를 고개로 가리키며 덧붙였다.

"저 아래를 파고 나가면 돼."

블루보이는 베스가 새끼 낳을 굴을 팔 때 도운 일은 있었지만, 그때는 버려진 굴을 찾지 못했기 때문이었다. 땅을 파는 일은 오소리들이나 한다고 생각했지만, 블루보이는 동생의 말이 무슨 뜻인지 알아들었다.

어두워지자 둘은 굴을 파기 시작했다. 나무뿌리와 화산암이 뒤섞여 있었지만, 둘은 밤마다 돌아가며 땅을 팠다. 엿새째 날 해가 뜨기 직전에 블루보이는 우리 바깥에 있는 소나무 두 그루 사이로 고개를 내밀었다. 블루보이는 밖으로 기어 나와 털에서 흙을 털어 내고는 장작더미 옆에 곯아떨어진 동생을 보며 낮게 말했다.

"설리, 일어나! 곧 사람들이 일어날 거야."

설리가 일어나 철조망 쪽으로 느릿느릿 걸어오며 말했다.

"형은 가."

"뭐라고?"

"난 여기가 좋아."

블루보이는 믿기지 않는다는 목소리로 물었다.

"하지만 탈출하고 싶어 한 거 아니었어?"

"사람들이 아침마다 먹이를 갖다 주잖아. 게다가 여기 냄새나 생김새를 보니 고향에서 엄청 멀리 떨어진 곳이야. 고향에 가다가는 죽게 될 거야. 총에 맞아 죽게 될 거라고."

"하지만 베스와 새끼들한테 돌아가야 해! 강 건너 무리들이 들어와서 다 죽일 거라고."

나중에 알게 된 사실이지만, 사람들은 어차피 늑대들을 놔줄 생각이었다. 하지만 당연히 설리는 그 사실을 몰랐다. 우리들 대부분이 그렇듯, 설리도 결정적인 순간에 그 자리에 주저앉았을 뿐이었다. 믿을 수 없다는 블루보이의 눈빛이 멸시하는 눈빛으로 바뀌자, 설리는 마음이 살짝 흔들렸다. 그때 사람들이 사는 트레일러 하나에서 쾅 하고 문소리가 나자, 기회가 사라졌다.

블루보이가 말했다.

"설리는 늘 게을렀어. 우리가 독립할 때도 자기 가족을 꾸릴 생각 없이 나를 따라왔지. 그래도 겁쟁이나 배신자라고 생각한

적은 한 번도 없었는데."

블루보이는 게으름뱅이나 겁쟁이와는 확실히 거리가 멀었다. 베어투스산 끝자락에 도착하자 다음 산줄기가 시작되기까지 확 트인 땅이 길게 펼쳐졌는데, 우리가 지나가는 동안 목장 사람들이 블루보이한테 닥치는 대로 총을 쏘아 댔다. 그래도 블루보이는 고향으로 향하는 산에만 눈을 둔 채 한 치도 흐트러짐 없이 곧장 달려갔다.

우리가 막 산기슭에 이르렀을 때, 총알 하나가 블루보이의 목을 맞혔다. 놀랍게도 블루보이는 쓰러지지 않았다. 바닥에 떨어진 것은 블루보이를 괴롭히던 목줄이었다. 신기하게도 총알이 목줄을 끊은 것이었다. 목줄이 총알의 충격을 누그러뜨린 모양인지, 블루보이의 속도는 거의 줄지 않았다.

나는 그날 처음으로 주 경계선을 넘었다. 몬태나주에서 아이다호주로 말이다. 블루보이는 사냥감 냄새를 맡고는 순식간에 사슴 한 마리를 사냥했다. 식사를 마친 뒤 우리는 둘 다 단잠에 빠졌다. 블루보이는 해가 뜨기 전에 일어나더니 북쪽으로 길을 나섰다. 그런데 블루보이가 평소만큼 가볍게 움직이지 못하고 가는 길에 핏방울을 남겼다. 결국 목에 총알을 맞은 게 분명했다. 날이 저물자 블루보이는 여느 때처럼 제자리에서 빙빙 돌지도 않고 스트로브 잣나무 밑에 털썩 쓰러졌다.

나는 가장 낮은 나뭇가지에 앉아 물었다.

"아프니?"

"별로."

이튿날 아침에 나는 블루보이보다 먼저 잠에서 깨었다. 블루보이의 상처가 곪고 있었다. 나는 사슴 사체로 날아갔다. 다른 짐승들과 벌레들이 다녀간 뒤였지만 아직 뼈에 살점이 어느 정도 붙어 있었다. 나는 있는 힘껏 살점을 떼어 내서 스트로브 잣나무로 돌아왔다. 블루보이는 깨어 있었지만 자리에 그냥 누워 있었다. 내가 사슴 살점을 주둥이 옆에 떨어뜨리자, 블루보이가 킁킁 냄새를 맡았다.

"고맙군."

블루보이는 고기를 먹었다.

블루보이한테는 아침 식사라 할 수도 없는 양이었지만, 블루보이는 입을 핥고는 벌떡 일어나서 북쪽으로 다시 길을 떠났다. 한낮에 우리는 흰 눈이 덮인 험준한 산봉우리 밑에 다다랐다. 나한테는 별로 어려운 길이 아니었지만, 날개 없는 짐승들 대부분은 곪은 총상이 없다 해도 이런 험난한 오르막길은 피했을 것이다. 동쪽이나 서쪽 길이 확실히 더 편해 보였다. 그렇지만 이제까지 북쪽으로 흐트러짐 없이 향하던 블루보이는 곧장 산비탈을 올랐다.

강인한 뒷다리가 심하게 떨렸지만, 블루보이는 어떻게든 계속 나아갔다. 하지만 산 중턱쯤에 이르자 블루보이는 쓰러지고 말앗다. 나는 기운을 북돋아 주려고 고향에 대해 물었지만, 땅거미가 내려앉을수록 블루보이의 목소리도 가라앉는 것 같았다. 내 기분도 가라앉았다. 이 늑대한테 내 운명을 걸었고 이제는 존경심마저 일기 시작했는데, 이 험준한 곳에 나만 홀로 남겨 둔 채 죽어 가다니.

그렇지만 목소리에 관해서는 내가 틀린 것 같았다. 동쪽 산봉우리들 사이로 거의 꽉 찬 달이 떠오르자, 블루보이가 몸을 일으켜 앉아 고개를 들더니 내 목 깃털이 다 곤두서도록 길게 울어 댄 것이다. 그 뒤로도 늑대가 우는 소리를 많이 들었고, 그때마다 등줄기가 오싹해졌지만, 그때 블루보이가 낸 소리가 어찌나 강렬하고 애처롭고 마음을 흔들어 놓던지 하늘의 달도 떨리는 것 같았다.

몇 초도 안 지나서 두 번째로 늑대가 우는 소리를 들었다. 남쪽 멀리에서 들려오는 작은 합창 소리였다. 블루보이가 도움을 구한 것 같았다. 길게 우는 소리가 몇 번 오갔고, 저쪽에서 들려오는 소리가 점점 커지고 가까워졌다. 달이 거의 하늘 꼭대기에 이르렀을 무렵, 비탈 아래 소나무밭 끝에서 세 쌍의 눈이 달빛에 드러났다.

밤에 번쩍이는 늑대들의 눈은 섬뜩했다. 날개가 없었다면 아마 나는 잔뜩 겁을 집어먹었을 것이다. 늑대 세 마리가 달빛 아래 모습을 드러냈다. 두 마리는 암컷이었는데 자매처럼 보였다.

둘 중에 몸집이 작고 몸매가 좋은 암컷은 더 반짝거리는 잿빛 털에 남을 호리는 듯한 눈을 가지고 있었다. 이 암컷은 수컷과 나란히 걸어왔고, 몸집이 더 크고 단단한 암컷은 조금 뒤처져서 걸어왔다. 나는 한눈에 수컷의 생김새가 마음에 들었다. 얼굴의 흰 반점을 포함해서 몸이 검은색과 흰색인 것이 나와 색깔이 같았기 때문이다. 몸집도 꽤 큰 편이어서 블루보이를 먼저 만나지 않았더라면 꽤 인상적이라 생각했을지도 몰랐다. 수컷이 입술을 길게 찢어 송곳니를 드러내 보이며 다가오자, 문득 블루보이가 도움을 청하기 위해서가 아니라 자신의 불행을 끝내기 위해 울부짖었다는 생각이 들었다.

내가 여우를 만났을 때 직접 겪어 봐서 알지만, 죽고 싶다고 생각하는 것과 막상 죽음을 맞이하는 것에는 큰 차이가 있다. 그렇지만 나와 달리 블루보이는 떨거나 숨으려 하지 않았다. 움찔하지도 않았다. 그저 수컷의 눈길을 담담히 마주했다.

수컷이 말했다.

"저렇게 큰 늑대를 본 적 있어?"

수컷의 짝이 대꾸했다.

"없지. 하지만 몸이 좋지 않잖아. 목 좀 봐 봐. 어서 끝내 주자."

그때 내가 무슨 생각을 했는지 모르겠다. 늑대 둘이 공격하려는 듯이 귀를 앞으로 내밀며 몸을 웅크리자, 나는 블루보이 앞으로 몸을 던지며 목이 터져라 소리를 질렀다. 수컷 늑대가 놀란 것 같았다. 암컷은 입을 씰룩이며 앞으로 나오더니 나를 후려갈 겼다.

나는 암컷의 발에 맞아 가시나무 쪽으로 나가떨어졌다. 잠시 넋이 나갔던 나는 간신히 가시밭에서 빠져나와 정신을 가다듬으려고 소나무 쪽으로 향했다. 그러고는 가장 낮은 가지에 가까스로 내려앉았다.

나는 소리를 질렀다.

"너 때문에 날개를 다쳤잖아!"

정말이었다. 왼쪽 날개를 간신히 퍼덕일 수 있을 따름이었다. 당연히 암컷은 내가 안중에도 없었다. 암컷의 눈길은 블루보이한테 박혀 있었다. 수컷도 마찬가지였다. 둘은 동시에 으르렁거렸다.

둘은 또 방해를 받았다. 이번에는 뒤에 있던 다른 암컷이 내가 잠시 내려앉았던 곳으로 나왔기 때문이다. 암컷은 블루보이를 돌아보며 수염을 씰룩였다. 블루보이는 항복의 뜻으로 고개를 숙였다. 그런데 암컷은 블루보이의 목에 송곳니를 박는 대신 핥기 시작했다. 암컷이 혀로 총상을 어루만지자, 블루보이가 옆으로 푹 쓰러졌다. 암컷은 계속 혀로 상처를 핥았다. 나중에는 총상 부분을 잘근잘근 씹기 시작했다. 그러다 암컷이 고개를 들자, 암컷의 이빨 사이에서 총알이 떨어졌다.

암컷이 동료들을 돌아보며 말했다.

"보호소에서 사람들이 법석을 피웠던 바로 그 늑대야. 땅을 파서 도망쳤던 늑대 말이야."

나머지 둘이 한목소리로 말했다.

"그래서?"

"셋보다는 넷이 더 강한 무리를 만들 수 있어."

둘은 바로 수긍하는 것 같지는 않았지만 바짝 앞으로 내밀었던 귀를 조금 뒤로 누그러뜨렸다.

총알을 빼낸 암컷이 말했다.

"프릭, 가서 네 약초를 좀 찾아와."

수컷은 의아하다는 듯이 콧소리를 냈다. 하지만 한참 동안 블루보이를 쳐다보더니 종종거리며 어둠 속으로 사라졌다. 이윽고 수컷이 돌아와 뿌리째 뽑은 풀을 땅에 내려놓았다. 그러자 총알을 빼냈던 암컷이 풀을 씹더니 일부를 블루보이의 상처에 뱉었다. 그러고는 나머지를 블루보이의 주둥이에 얹어 주었다.

암컷이 말했다.

"먹어."

놀랍게도, 블루보이는 코를 킁킁거리며 질척거리는 녹색 덩어리의 냄새를 맡아 보더니 꿀꺽 삼켰다.

암컷이 말했다.

"나는 앨버타야. 이쪽은 프릭하고 내 동생 루파야."

"나는 블루보이야. 저쪽은 매기이고."

세 늑대가 블루보이의 눈길을 따라 나를 쳐다보았다.

루파가 낄낄거리며 말했다.

"까치 매기라니."

나는 루파를 혼내 주고 싶었지만 벌써 루파한테 얻어맞은 신세였다. 부러진 날개로는 일주일도 못 살 터였다.

5

자세히 살펴보니 날개가 진짜로 부러진 것 같지는 않았다. 하지만 근육이 심하게 찢어진 것 같았다. 한 번에 1미터 정도밖에 날 수가 없었고, 그 짧은 동안에도 왼쪽으로 심하게 기울어져 날았다. 블루보이와 마찬가지로 곤경에 처한 나는 그저 우리의 최후가 너무 더디 오지 않기를 바랄 뿐이었다.

그날 하루 종일 블루보이는 갈비뼈를 들썩이는 것 말고는 거의 움직이지 않았다. 다른 늑대들은 잠을 오래도록 자더니 밤이 되자 사냥을 나갔다. 새벽녘에 앨버타가 블루보이한테 사슴 고기 한 덩어리를 가져다주었다. 블루보이는 땅에서 고개를 들고 마지못해 몇 점 먹더니 다시 정신을 잃었다.

프릭이라는 늑대가 약초를 잘 찾아내는 재주가 있는지, 앨버타는 프릭을 계속 닦달해서 약초를 찾아오도록 했다. 앨버타는 약초를 씹어서 찜질 약처럼 블루보이의 상처에 붙여 주었다.

옆에서 인정머리 없는 루파가 말했다.

"소용없어. 피를 너무 많이 흘렸다고."

앨버타는 남은 약초를 블루보이의 주둥이 옆에 뱉으며 대꾸했다.

"두고 보자고."

"그건 그렇고, 이 늑대는 보호소에서 온 게 아닌가 봐. 목줄이 없잖아."

내가 알려 주었다.

"총에 맞아서 끊어졌어."

루파가 대꾸했다.

"퍽이나 그랬겠다."

루파의 목에도 목줄이 감겨 있었는데, 나는 그 목줄이 오그라들어서 루파의 목을 조르면 얼마나 좋을까 생각했다. 앨버타와 프릭도 목줄이 있었다. 블루보이처럼 이 늑대들도 캐나다 로키 산맥을 돌아다니다가 갑자기 정신을 차려 보니 옐로스톤 공원의 우리로 옮겨져 있었나 보다. 사람들이 풀어 주자, 이 늑대들도 공원을 떠나 서쪽의 아이다호주 산으로 이동했던 것이다.

한낮에 블루보이가 정신을 차리자, 앨버타는 남은 약초와 사슴 고기를 억지로 먹였다. 블루보이가 다 먹자, 앨버타가 목줄은 어떻게 됐냐고 물었다.

블루보이가 대답했다.

"총에 맞아서 끊어졌어."

내가 루파를 쏘아보았지만, 루파는 털을 매만지느라 여념이
없었다. 아니면 그러는 척하는지도 몰랐다.

그날 오후에 늑대들이 자는 동안, 나는 남은 사슴 고기를 쪼아
먹으려고 땅으로 내려가는 실수를 저지르고 말았다. 아무리 애
써도 앉아 있던 가지로 돌아갈 수가 없었다. 기껏 근처 나무 그
루터기로 허겁지겁 올라간 것이 다였다.

그날 밤, 건강한 세 마리 늑대가 사냥에 나서려 하자, 놀랍게
도 블루보이가 벌떡 일어서더니 함께 가겠다고 했다.

앨버타가 말렸다.

"안 돼. 적어도 하루는 더 쉬어야 해."

그래도 블루보이는 기어코 따라나섰다. 이로써 나는 혹시나
지나갈지도 모르는 여우나 붉은스라소니, 울버린*의 위험에 완
전히 무방비 상태가 되고 말았다. 하지만 늑대들한테 무엇을 바
라겠는가? 나는 그루터기가 썩어서 파인 구멍 안에 몸을 잔뜩
웅크리고 앉아 깃털 하나 움직이지 않으려 애썼다. 먼동이 트자,
높은 하늘에서 매 한 마리가 돌아다녔지만 다행히 나를 보지 못

---

*족제빗과의 포유류. 몸은 근육질이며 네 다리는 굵어서 작은 곰과 비슷하다.

했다. 마침내 늑대들이 돌아오자, 블루보이가 나를 또 한 번 놀라게 했다. 그루터기 옆에 큼지막한 사슴 고기 한 덩이를 내려놓은 것이다. 한 달은 족히 먹을 양이었다!

오자마자 루파와 프릭이 함께 웅크리고 누워 곯아떨어진 것을 보면, 사냥터에서 얼마나 배불리 먹었는지 짐작이 갔다. 앨버타도 자리에 누웠지만 눈을 감지는 않았다. 블루보이를 쳐다보는 앨버타의 눈빛으로 보아 블루보이가 대단한 사냥 솜씨를 발휘했음을 알 수 있었다. 조금 뒤 블루보이가 앨버타의 눈길을 마주 보며 조용히 말했다.

"부탁 하나 더 들어줄래?"

"한 가지 더라고?"

"벌써 내 목숨을 구해 줬으니까. 매기를 좀 돌봐 주면 좋겠어."

"글쎄, 당연하지. 근데……."

"고마워. 언젠가는 신세를 갚을 수 있겠지."

앨버타가 뭐라 대꾸하기도 전에, 블루보이가 돌아서더니 산비탈을 뛰어올라 가 버렸다. 앨버타는 어안이 벙벙한 얼굴로 그 자리에 앉아 있었다. 나도 어이없기는 마찬가지였다. 블루보이를 쫓아 날아갈 수도 없는 데다, 작별 인사라도 해야겠다는 생각이 들었을 때는 블루보이의 모습이 벌써 사라지고 없었기 때문이다.

"어디로 가는 거지?"

"캐나다 어딘가에 짝이랑 새끼들이 있대."

나는 어느 때보다 우울해져서 낮은 목소리로 대답했다. 날개가 다 나을 때까지 앨버타가 나를 돌봐 줘야 할 이유가 어디 있겠는가. 앨버타한테 내가 뭐기에.

우리는 한참 동안 산을 쳐다보았다. 마침내 자리에 누운 앨버타는 마음이 편치 않은지 계속 몸을 뒤척였다.

머지않아 다른 두 마리 늑대가 잠에서 깼다. 루파는 반짝이는 잿빛 털을 꼼꼼하게 핥고 나서 주위를 둘러보았다. 그러더니 밉살스럽게 말했다.

"여긴 새들이나 사는 산인가 봐. 물도 없잖아. 전에 있던 데로 돌아가자고."

그러자 앨버타가 말했다.

"여기 좋은데, 뭐. 안 그래, 프릭?"

루파가 째려보자, 프릭이 남쪽으로 돌아가는 게 좋을 것 같다고 웅얼거렸다.

프릭과 루파가 숲 쪽으로 내려가자, 앨버타가 다가오더니 그루터기 옆에 서며 말했다.

"가자."

"뭐라고?"

"날지 못하잖아, 안 그래? 태워 줄게."

이건 소 등에 올라앉는 일하고는 또 다른 문제였다. 소들은 둔하고, 느릿느릿 움직이며, 풀을 씹어 먹도록 이빨도 뭉툭하다.

반대로 늑대들은 번개처럼 빠르고 살을, 혹은 깃털을 찢기에 딱 좋은 송곳니를 가진 동물이다. 블루보이랑 다닐 때도 적당한 거리를 두고 다녔는데.

나는 말했다.

"여기 있어도 괜찮을 거야. 블루보이가 먹이를 갖다 줬잖아."

그러자 앨버타가 내가 가장 듣기 싫어하는 표현을 섞어 말했다.

"새대가리 같은 소리 하지 마. 날지 못하면 넌 꼼짝없이 당한다고. 누구라도 지나가다 널 잡아먹을 게 뻔해."

'너는 아니고?' 하고 나는 속으로 생각했다.

앨버타가 이어 말했다.

"이봐, 나는 무리와 헤어질 수도 없고 블루보이와 한 약속을 어길 수도 없어. 그러니까 다른 도리가 없다고."

혼자서는 오래 버티지 못할 거라는 앨버타의 말은 옳았다. 게다가 만일 앨버타가 나를 먹는다면, 적어도 빨리 끝내 줄 수는 있겠지. 하지만 아무리 그래도 앨버타의 눈에 담긴 표정이 아니었다면 나는 망설였을 것이다. 늑대를 두고 이런 말을 하면 이상하지만, 앨버타의 눈에는 진정한 따뜻함이 어려 있었다.

나는 온몸으로 느껴지는 온갖 불안감을 억누른 채 앨버타의 등에 올라탔다. 그러고는 최악의 경우를 대비해서 부리를 악물었는데, 앨버타는 그저 숲으로 빠르게 걸어갈 뿐이었다.

나는 필사적으로 앨버타의 털을 붙잡았다. 우리가 다른 두 늑대를 따라잡았을 때, 루파가 우리 모습을 보고 콧방귀를 뀌자, 트릴비도 똑같은 반응을 보였을 거라는 생각이 들었다. 트릴비는 까치와 파랑새가 같이 다니는 것을 이상하게 여겼는데, 까치와 늑대를 보고는 뭐라고 할까? 그런데 놀랍게도 프릭은 루파가 보지 않을 때 나를 보고 씩 웃어 주었다.

시간이 흐를수록 늑대 등에 타고 다니기가 점점 힘들어졌다. 산등성이를 수없이 건넜고 산줄기는 몇 개를 넘었는지 모른다. 오후 늦게 우리는 나무가 우거진 산허리에 이르렀다. 이 늑대들이 전에 정착지로 썼던 곳이 틀림없었다. 내가 앨버타의 등에서 뛰어내리자 루파가 배고픈 눈으로 나를 보았다. 그러자 앨버타가 낮게 으르렁거리며 여동생을 겁주었다. 사실 그날 우리는 온종일 굶은 터였다. 늑대들은 잠깐 눈을 붙이고 나서 사냥에 나섰다. 나는 씨앗과 나무 열매 몇 개를 찾아 먹고는 지친 몸을 끌고 떨기나무 아래로 갔다.

동이 틀 무렵에 잠에서 깨 보니, 늑대들은 아직 돌아오지 않았다. 나는 빈터로 나가서 불편한 날개를 시험해 보았다. 하나도 나아진 게 없었다. 그래도 늑대들이 사냥에서 돌아왔을 때, 프릭과 앨버타가 나한테 작은 고깃덩이를 하나씩 가져다주었다.

다음 날도 다를 바 없었고, 그다음 날도 마찬가지였다. 며칠이 몇 주가 되자, 나는 날개를 영원히 못 쓸지도 모른다는 생각이 들었다. 그런 몹쓸 생각은 하지 않으려고 애썼지만, 나를 날지 못하는 한심한 존재로 만든 늑대를 원망하지 않을 수는 없었다. 그래도 루파의 아름다움은 인정해 줘야 했다. 루파는 자거나 사냥할 때를 빼면 늘 털을 매만졌다.

프릭과 나는 처음에는 데면데면했다. 하지만 나는 프릭이 약초에 대해서만 많이 아는 게 아님을 알게 되었다. 프릭은 새에 대해서도 관심이 많았다. 검은콘도르와 터키콘도르를 구분할 수 있었고 캐나다기러기와 흰기러기도 구분할 줄 알았다. 바람이 심하게 부는 날에 나뭇가지를 계속 잘 잡고 있으려면 발에 소나무 수액을 바르라고도 알려 주었다. 또 어느 날에는 미송 솔방울 안에 씨가 박혀 있는 모양이 꼭 쥐들이 구멍에 머리를 박고 있는 모양 같다고 말하기도 했다. 루파는 프릭이 이렇게 '시시껄렁한 소리'를 하면 어이없다는 듯이 눈알을 굴렸지만, 나는 루파가 몸치장을 하거나 낮잠을 자는 동안 프릭과 수다 떠는 일을 즐기게 되었다. 물론 프릭이 잭슨 아저씨 같지는 않았지만, 평생을 땅 위에서만 지낸 동물치고는 많은 것을 알았다.

앨버타 이야기를 하자면, 앨버타는 정말 정직하고 믿음직스러워서, 좋아하지 않을 수가 없었다. 게다가 성격도 쾌활했다. 하지만 어느 날 밤, 그곳에 온 지 한 달쯤 되던 날 밤에, 앨버타가 구슬프게 우는 소리에 잠이 깼다. 나는 떨기나무 아래에서 기어나갔다. 달도 없는 밤이었지만, 앨버타는 길게 울었다.

앨버타가 잠시 멈췄을 때, 내가 물었다.

"괜찮아?"

"깨웠다면 미안해."

"무슨 생각에 그렇게 우는 거야?"

"글쎄, 아무래도 블루보이가 생각나서 그런 거 같아."

그렇게 놀랄 일도 아니었다.

"정말 대단한 늑대지."

"그런 늑대는 처음 봐. 사람들도 마찬가지였을 거야."

"무슨 말이야?"

"우리가 보호소에 있었을 때, 사람들이 우리 무게를 쟀거든."

"너는 얼마나 나갔는데?"

"잘 모르겠는데."

"사람들이 눈금을 읽을 때 뭐라고 했는지 기억나?"

그러자 앨버타가 대충 들은 대로 말해 주었다. 나는 소들을 재는 소리를 들었던 터라 앨버타의 무게가 55킬로그램이라고 알려 줄 수 있었다. 루파는 52킬로그램인 것 같았다.

"프릭을 달았을 때는 바늘이 나랑 똑같은 곳을 가리켰어. 다른 늑대들도 거의 비슷비슷했지. 그런데 블루보이를 달 때는 사람들이 다 구경하러 나왔어. 두 번이나 무게를 쟀지."

앨버타가 대충 숫자를 말했는데, 69킬로그램인 것 같았다.

앨버타가 덧붙였다.

"정말 놀랍지 않니?"

이것이 블루보이 형제가 사람들 관심을 불러일으켰다던 그 이 야기인 것 같았다. 나는 딱히 뭐라고 대답해야 할지 몰랐다. 크 기란 매우 역설적인 것이기 때문이다. 땅에 사는 동물들은 다들 날기를 꿈꾸지만, 날 수 있으려면 가벼워야 한다. 나는 3백 그램 도 채 안 나간다. 하지만 땅에 사는 동물들은 날기를 꿈꾸면서도 동시에 크다는 것에 대해 본능적인 존경심을 갖고 있다.

"블루보이도 너를 좋아하는 것 같던데."

"총알을 빼 줘서 고마워할 뿐이야."

"그것만이 아닌 거 같았어."

"바보 같은 소리. 나는 루파처럼 예쁘지도 않잖아."

루파는 털이 반짝거리고 엉덩이를 실룩거리며 걷기는 하지만, 앨버타가 더 크고 더 튼튼했다. 솔직히 말해서, 성격 말고는 둘 사이에 그렇게 큰 차이가 있는지 알 수도 없었다. 늑대가 되어 본다면 모를까.

앨버타가 말했다.

"블루보이를 생각하는 게 얼마나 바보 같은지 나도 알고 있어. 하지만 웬일인지 오늘 밤에는 자꾸 생각이 나네."

그날 밤 늦게 앨버타와 다른 늑대들이 사냥을 나갔다. 해가 뜰 때까지도 늑대들은 돌아오지 않았다. 붉은꼬리말똥가리 한 마 리가 3미터도 안 떨어진 벼락 맞은 나무 위에 내려앉았다. 녀석 이 나를 향해 머리를 돌렸다. 그러고는 차가운 눈빛으로 쏘아보더니 나를 잡으려고 날아올랐다.

다음 순간 정신을 차려 보니, 어느새 나는 키 큰 전나무들 사이를 재빠르게 날고 있었다. 나는 왼쪽으로 몸을 틀었다가 나무들 꼭대기 위로 솟아올랐다. 말똥가리들은 빠르기는 하지만 까치처럼 자유자재로 날지는 못한다. 물론 건강한 까치 이야기지만 말이다. 어쨌든 이제 나도 날개가 제대로 말을 듣는 것을 보니 건강을 되찾은 것 같았다.

나는 한 시간쯤 곡예비행을 하며 신나게 시간을 보냈다. 그러다 늑대들이 사냥에서 돌아오자, 말똥가리가 앉았던 번개 맞은 나무 위로 슝 내려갔다.

앨버타가 말했다.

"다시 날게 됐구나!"

"감쪽같이 나았어, 네 덕이야. 다 네가 가져다준 신선한 고기 덕분일 거야."

프릭이 말했다.

"브라보. 루파, 이제 미안해하지 않아도 되겠네."

"미안해한 적 없어. 겨우 새한테."

루파의 얄미운 말도 내 들뜬 기분을 망치진 못했다. 사실 루파한테 고맙기까지 했다. 다시는 나는 것을 결코 당연하게 여기지 않을 생각이었다. 누구나 무엇인가를 잃어 봐야 진정한 가치를 깨닫는 법이다.

기분이 정말 좋았던 그날 밤 늦게 앨버타가 슬프게 울부짖는 소리에 잠이 깼을 때 나의 행복을 앨버타한테 조금이라도 나눠 주고 싶은 심정이었다. 하지만 그럴 필요가 없었다. 얼마 지나지 않아 북쪽 멀리에서 대답하는 소리가 들렸기 때문이다. 우리 둘 모두의 가슴을 뒤흔드는 친근한 소리였다.

6

니는 밤에 날아다니는 것을 썩 좋아하지 않는다. 그렇지만 어떻게 가만히 있을 수 있겠는가?

산들바람이 살짝 불고, 가볍게 흔들리는 전나무 꼭대기가 흐릿한 달빛에 은빛으로 빛나는 밤이었다. 북쪽으로 몇 킬로미터를 날아가자 번쩍이는 노란 눈 한 쌍이 산등성이를 따라 움직이는 것이 보였다. 산등성이는 나무들을 다 베어 냈는지 어린 나무들밖에 남아 있지 않았다.

벌써 다른 세 마리 늑대한테 익숙해졌는지 블루보이 앞에 내려앉던 나는 70킬로그램이 다 되는 큰 덩치에 깜짝 놀라고 말았다. 겁이 났던 건지 아니면 다시 만나 목이 메었던 건지 모르겠지만, 블루보이의 무시무시한 눈과 마주친 순간 잠시 말문이 막

했다.

"날개가 나았구나."

나는 고개를 끄덕거렸다.

"앨버타 덕분이야. 베스하고 새끼들은 찾았어?"

"찢긴 조각만."

"세상에! 대체 어떻게 된 거야?"

블루보이는 말없이 입을 꽉 다물었다. 전에 말했던 이웃 무리한테 당한 게 틀림없었지만, 블루보이는 아무 말도 하지 않았다.

우리가 도착했을 때는 아직 어두울 때였다. 다른 세 마리 늑대들은 아직 사냥을 나가지 않은 터였는데, 블루보이를 다시 만난 셋의 첫 반응도 나와 마찬가지인 것 같았다. 캐나다에 다녀온 동안 더 커졌을 리도 없을 텐데 블루보이는 정말 어마어마했다. 앨버타는 눈길을 돌렸지만, 프릭은 피하지 않고 말했다.

"돌아와서 반가워. 앨버타 말대로 셋보다 넷이 다니면 낫지."

그러자 앨버타가 말했다.

"매기도 있잖아."

"그래, 넷보다는 다섯이 낫지."

프릭이 고쳐 말했다.

루파가 비웃었지만, 이번에도 내 기분을 망치지는 못했다. 이제 나는 다시 날 수도 있고, 블루보이도 돌아왔으니 말이다.

누가 사냥을 이끌 것인지를 두고 잠깐 어색한 시간이 흘렀지만, 프릭이 얼른 뒤로 물러섰다. 그러자 루파가 목소리를 높였다.

"블루보이는 여기 지형도 모르잖아."

하지만 루파도 블루보이가 맨 앞에 서지 않는 게 말도 안 된다는 것을 알았을 것이다. 사냥감 냄새를 맡고 추격 신호를 보낸 것도 블루보이였다. 트리플바 T 목장 울타리 위에서 처음 들었던 등골 오싹한 외침이었다. 블루보이는 며칠 동안 잠도 못 잤을 텐데도 다른 셋을 쉽게 앞질러 나갔다. 셋이 블루보이를 따라잡았을 때는 이미 피로 물든 솔잎 위에 누운 사슴을 블루보이가 밟고 서 있었다.

먹이를 실컷 먹고 나자 블루보이는 마치 평생을 이쪽 아이다호 지역에 살았던 것처럼 무리를 이끌고 정착지로 돌아왔다. 다른 세 마리가 자기 자리로 가서 누워 쉬며 소화를 시키는 동안, 블루보이는 코를 킁킁거리며 주변을 맴돌았다. 루파는 괜히 성질을 부리며 프릭한테서 떨어져 누웠는데, 프릭이 다시 옆으로 다가가자 가만히 있었다. 앨버타는 상대방을 무시해서 관심을 끌려는 장난 따위는 하지 않았다. 앨버타는 블루보이의 일거수일투족을 지켜보았다. 그러고는 블루보이가 옆에 눕자, 기쁘게 살짝 짖었다.

둘은 서로 코를 비비며 소곤소곤 이야기를 나누었다. 나는 전에 숨어 있던 떨기나무의 꼭대기에 앉아 있어서 둘의 이야기를 다 들을 수는 없었지만, 블루보이가 나를 보살펴 줘서 고맙다고 하는 말은 들을 수 있었다. 이상하게 가슴이 두근거렸다.

　우리는 늑대 네 마리와 까치 한 마리로 구성된 무리를 이루었다. 겨울이 다가오자, 늑대들은 털이 두꺼워지고 텁수룩해졌다. 사냥감이 점점 줄어들자, 한 지역의 사냥감을 다 사냥하고 나면 동쪽으로 이주해 새 터전을 잡았다. 늑대들은 밤에 사냥하는 걸 좋아했지만, 새벽까지 기다리면 내가 사냥감을 찾아 줄 수 있음을 알고 난 다음부터는 사냥 습관을 바꾸었다. 우리는 밤에 자고, 먼동이 트자마자 나를 선두로 사냥에 나서게 되었다.

　나는 대부분의 늑대 무리가 오직 '우두머리 암수'만이 짝짓기를 할 수 있다는 사실을 알게 되었다. 루파가 어떻게 생각을 하든, 앨버타와 블루보이가 우두머리 암수임은 당연한 사실이었다. 하지만 우리 작은 무리는 또 한 번 우리만의 규칙을 만들었다. 짝짓기 철이 되자, 두 쌍 모두 짝짓기를 한 것이다. 4월 말이 되자 늑대들은 강 위쪽 산비탈에 자리를 정하고 임신한 두 암컷이 굴을 팠다. 나는 몇 주 동안 지붕 덮인 둥지 안에 틀어박혀 있어 봤기 때문에 갇혀 지내는 앨버타가, 심지어 루파마저도 안쓰러웠다. 블루보이와 프릭은 굴 입구에 먹이를 놓아두었다. 암컷들이 모습을 감춘 지 일주일이 지나자, 루파의 굴 안에서 조그맣게 짖는 소리가 났다. 프릭이 그렇게 좋아하는 모습은 처음 보았다. 프릭은 새끼들을 직접 보려고 안으로 들어가지는 않았다. 이

튼날에는 앨버타의 굴 안에서 비슷한 소리가 들렸다. 블루보이는 처음 새끼를 가져 보는 것도 아닌데 거의 밤새도록 기쁘게 짖어 댔다.

나는 갓 부화한 늑대들이 어떻게 생겼을까 정말 궁금했다. 하지만 일주일이 더 지나고 또 일주일이 지났지만 아무도 나오지 않았다.

어느 날 내가 물었다.

"알에서 나온 지 한참 됐을 텐데, 안 그래?"

프릭이 대답했다.

"우리는 알을 낳지 않아. 새끼를 낳지."

"그럼 새끼들은 대체 어디에 있는 거야?"

그러자 블루보이가 말했다.

"젖을 먹고 있어."

한 주가 더 지나고 그해 들어 처음으로 정말 따뜻했던 봄날에 모든 일이 한꺼번에 일어났다. 루파가 자랑스럽게 수컷 두 마리와 암컷 한 마리를 이끌고 굴 밖으로 나왔고, 일 분도 채 안 돼서 앨버타가 수컷 두 마리, 암컷 두 마리를 데리고 나왔다. 앨버타의 암컷 새끼 한 마리는 다른 새끼들 덩치의 반도 안 되었는데, 그렇게 작은 새끼가 태어났어도 블루보이는 프릭과 마찬가지로 의기양양한 모습이었다. 캉캉 짖으면서 흙에서 뒹굴고 앞발로 땅을 치며 노는 조그만 털 뭉치들은 내가 봐도 정말 귀여웠다.

새끼들은 처음에는 행복해하는 자신들의 아빠들한테는 별 관심이 없다가 프릭과 블루보이가 무릎을 꿇자 달라졌다. 블루보이의 새끼들이 한 마리씩 아장아장 걸어가더니 블루보이의 코 밑에 코를 갖다 댄 것이다. 존경의 표시인 것 같았다. 다른 새끼들 세 마리도 블루보이한테 가자, 루파가 못마땅한 듯 으르렁거렸지만, 프릭은 그저 껄껄 웃을 따름이었다.

그러고는 이렇게 말했다.

"어떻게 쟤들을 탓할 수 있겠어?"

그리고 나서 또 재미있는 일이 벌어졌다. 가장 조그만 새끼가 프릭한테 다가가 코를 쳐들었던 것이다.

프릭이 말했다.

"가여운 것. 일주일도 못 버틸 텐데."

늑대들이 비록 날개도 없고 영혼도 없는 존재이긴 해도 새끼들 이름을 짓는 일에서는 우리 부모보다 나았다. 늑대들은 첫째들한테 먼저 이름을 지어 주었다. 루파와 프릭의 첫째는 암컷인데 루시라고 이름을 지었다. 앨버타와 블루보이의 첫째는 수컷이고 프린스라고 지었다. 루파와 프릭은 나머지 둘의 이름을 프랭크와 헤더로 지었다. 앨버타와 블루보이는 나머지 수컷은 버스터로 다른 암컷은 로지로 지었다. 하지만 한배에서 난 새끼들 중에 가장 약하고 운 없는 가여운 막내한테는 이름을 지어 주지 않았다.

이튿날 아침은 쌀쌀하고 바람도 거셌다. 나는 앨버타와 루파와 함께 집에 남아서 새끼들이 노는 것을 지켜보고 싶었지만, 블루보이와 프릭이 근처 사냥감들을 동을 냈기 때문에 아무래도 도와야 할 거 같아 같이 사냥에 나섰다. 강을 건너고 두 산봉우리 사이 산등성이를 넘었는데도 늑대들은 사냥감의 냄새를 맡지 못했다. 나는 앞서 날아가다가 가지뿔영양 한 마리를 발견하고는 재빨리 돌아가 알렸다. 가지뿔영양들은 잘 도망치기 때문에 나는 길잡이가 되어 주려고 다시 앞서가며 가지뿔영양 위를 날았다. 하지만 블루보이와 프릭이 거의 가까워졌을 무렵 서쪽에서 연기구름이 올라오고 있었다. 나는 두 사냥꾼을 향해 급히 내려가면서 날카롭게 비명을 질렀다.

블루보이가 화를 냈다.

"너 때문에 녀석이 겁을 먹었잖아."

"어서 굴로 돌아가!"

나는 꽥 소리를 질렀다.

블루보이와 프릭은 산등성이로 내달렸다. 거기서는 굴이 보여야 했지만, 강 건너편 산은 연기에 휩싸여 있었다. 블루보이와 프릭은 강으로 질주해 첨벙 뛰어들더니 정신없이 강을 건넜다. 둘이 강에서 나와 산불이 난 곳으로 뛰어들자, 둘의 모습이 더 이상 보이지 않았다. 나는 제정신이 아니었다. 바람이 불길을 키우고 있었다. 위에서 들을 수 있는 소리라고는 불쏘시개 풀들이 바작바작 타는 소리와 구상난풀*들이 탁탁거리는 소리뿐이었다. 내 늑대 친구들이 모두 불에 타 버렸다고 막 확신할 즈음, 늑대 한 마리가 불 속에서 뛰어나와 강으로 뛰어들었다. 루파처럼 보였다. 루파에 이어 앨버타도 곧 강으로 뛰어들었다. 그러고 나서 천만다행하게도 블루보이가 불길 속에서 튀어나와 더 멀리 상류 쪽으로 뛰어들었다. 셋이 맞은편 강둑으로 헤엄쳐 가서 마른 땅에 몸을 던질 무렵 나는 늑대들 옆으로 내려갔다.

블루보이가 숨을 헐떡이며 말했다.

"새끼들은 어디에 있지?"

앨버타가 흐느끼며 대답했다.

"모르겠어. 새끼들이랑 같이 있었는데, 갑자기 연기하고 불밖에 보이지 않았어."

루파가 외쳤다.

"내 새끼들도 마찬가지야! 그리고 내 아름다운 털이 그슬렸어!"

"프릭은 어디에 있지?"

앨버타의 말에 우리는 모두 강 건너 불길 쪽을 쳐다보았다.

블루보이가 단호하게 말했다.

---

*노루발과의 여러해살이 부생 식물. 높이는 20cm 정도이며, 5~6월에 노르스름한 꽃이 핀다. 구상나무 숲속에서 자라며 북반구에 널리 분포한다.

"돌아가 봐야겠어."

그러자 루파가 울부짖었다.

"소용없어."

루파의 말이 채 끝나기도 전에 몸에 불이 붙은 채로 프릭이 불길 속에서 튀어나왔다. 프릭은 강으로 첨벙 뛰어들어 허우적거리며 강을 건너더니 우리보다 한참 아래 강둑에서 기어 올라왔다. 루파는 프릭의 입에서 새끼 한 마리가 땅으로 떨어지자 짧게 기쁨의 소리를 냈다. 하지만 프릭한테 다가가서 보니, 그건 루파의 새끼가 아니었다. 앨버타의 막내였다.

７

막내는 아직 살아 있었다. 프릭도 알아보기는 힘들었지만 아직 살아 있었다. 얼굴의 흰 반점은 검게 변하고, 뒷다리와 궁둥이 쪽은 목장 바비큐 파티에서 꼬치에 꽂혀 돌아가던 무엇인가를 생각나게 했지만 말이다.

프릭은 자기가 어쩌다가 그렇게 까맣게 탔는지 기억을 못하는 듯했다. 프릭이 숨을 헐떡이며 말했다.

"굴로 뛰어갔는데 연기 때문에 어디가 어딘지 분간이 안 됐어. 뜨거워 죽겠는데 탁탁 타는 소리 사이로 낑낑거리는 소리가 들리는 거야. 그다음은 어떻게 된 건지 모르겠어."

프릭이 확실히 아는 것은, 만일 자기가 우연히 붙잡은 것이 막내가 아니었더라면 강까지 물고 오지도 못했을 거라는 사실이었다. 막내였으니까 가능했던 것이다.

그러나 루파한테는 그런 게 중요한 것 같지 않았다. 날이 갈수록 자기들 새끼를 구하지 않은 프릭을 용서하지 못함이 여실히 드러났다. 프릭을 돌보기는 했어도 늘 눈길을 피하는 게 보였기 때문이다. 프릭의 얼굴 털과 어깨 털은 나중에 원래대로 돌아왔지만, 등은 끝내 맨살인 채였다. 게다가 화상에 딱지가 앉자, 아물지 않았을 때보다 더 볼썽사나웠다. 한때 멋졌던 꼬리도 토끼 꼬리만 해졌다. 설상가상으로 뒷다리는 탄력마저 잃었다. 프릭이 그렇게 잘 찾아냈던 약초들도 아무 소용이 없었다. 프릭이 사냥할 수 있는 길은 없었다. 결국 프릭은 우리가 사냥을 나간 동안 막내를 돌보는 일을 맡게 되었다.

먹이를 두고 경쟁할 덩치 큰 형제가 없자, 막내는 살이 붙어 살아남을 수 있을 것 같았다. 앨버타는 막내한테 호프라고 이름을 지어 주었다. 호프는 많이 짖지 않는 얌전한 아이였다. 사냥에 내 도움이 필요 없는 날 아침이면 나는 막내와 프릭 곁에 남아 있었다. 나는 프릭한테 자꾸 말을 걸었다. 그러면 호프는 청회색 눈을 크게 뜨고서 행복한 얼굴로 프릭의 말에 귀를 기울이곤 했다. 내 생각에는 호프가 프릭의 우울함을 덜어 주는 것 같았다.

다시 돌아온 겨울은 프릭한테 큰 시련이었다. 털이 난 곳은 텁수룩해졌지만 엉덩이 쪽은 추위를 막을 도리가 없었다. 게다가 호프도 더이상 다른 늑대들이 사냥을 나가는 동안 프릭 곁에 남아 있을 수 없었다. 산불이 광대한 땅을 황폐화시켜 여느 때보다 사냥감이 귀해진 탓에 늑대치고는 연약한 호프도 사냥에 나갈 수밖에 없었다. 호프도 프릭을 혼자 두고 싶어 하지는 않았지만, 말은 안 해도 블루보이는 첫째 아들을 잃은 충격에 빠져 있었고, 호프는 그 빈자리를 메우려고 애쓰는 것 같았다.

사냥꾼들이 그럭저럭 사냥에 성공하면, 블루보이는 늘 한 덩어리를 프릭한테 가져다주었지만, 프릭은 겨우 입만 대고 말 뿐이었다. 새끼 돌보는 일에도 쓸모가 없어지자 프릭은 깊은 절망에 빠졌다. 짝짓기 철의 시작인 2월 말이 되자 프릭은 잠깐 기운을 되찾는 듯했지만, 루파가 프릭의 의미심장한 눈길을 무시하자 생기가 돌던 눈빛도 이내 스러지고 말았다.

반면에 블루보이와 앨버타는 꼭 붙어 지냈다. 하지만 무리가 살아남는 데 온 힘을 기울여야 했기 때문에 둘은 봄이 왔어도 새끼를 낳지 않았다. 5월에도 여전히 눈보라가 쳤다. 심지어 6월에도 북쪽 산비탈에는 눈이 쌓여 있었다.

6월 중순의 어느 날 아침, 나는 옆 산 너머에서 영양 한 마리를 발견했다. 내가 이 소식을 들려주자마자 블루보이가 우렁차게 짖으며 사냥을 알렸다. 앨버타와 루파와 호프가 신이 나서 대답했다.

늑대들은 빈터에서 영양을 쓰러뜨렸다. 우리가 진수성찬을 즐기고 있을 때, 늑대 한 마리가 나타나 전나무 그늘에서 우리를 훔쳐보았다. 블루보이는 눈을 가늘게 뜨며 위협하듯이 으르렁 거렸다. 낯선 늑대는 고개를 숙이고 꼬리를 내렸다. 녀석은 덩치가 크지도 않고 갈비뼈가 다 드러나 있었지만 잿빛이 도는 검은색 털에는 윤기가 흘렀다. 녀석한테 목줄이 없는 것을 보자 나는 블루보이처럼 총에 맞아 없는 것인지 아니면 보호소에 갇힌 적이 없는 것인지 궁금했다.

앨버타가 말했다.

"배가 몹시 고픈 거로구나."

녀석은 고개를 더 숙이고 꼬리를 다리 사이로 넣었다. 블루보이는 콧방귀를 뀌더니 다시 먹이를 먹기 시작했다. 낯선 늑대는 반대쪽 끝으로 가서 아주 조심스럽게 고기를 조금 뜯어 먹었다. 블루보이는 그냥 먹게 내버려 두었다.

블루보이는 실컷 먹이를 먹고 나서 프릭한테 가져다주려고 다리 한쪽을 뜯어서 끌고 갔다. 우리도 낯선 늑대가 뼈를 발라 먹도록 놔둔 채 블루보이를 따라갔다. 프릭은 툭 튀어나온 바위 아래에 맥없이 누워 있었는데, 아무리 그런 프릭이라도 신선한 영양 고기를 먹지 않고는 배길 수 없었다.

몇 달 만에 배를 채운 늑대들이 졸고 있을 때, 낯선 늑대가 바위 바로 뒤에 다시 나타났다. 짙은 털이 햇빛에 반들거렸다. 블루보이는 녀석의 배짱에 적잖이 놀랐지만, 무리에 사냥꾼 하나를 더 들이겠다고 결정한 것 같았다. 녀석을 공격하는 대신 똑바로 일어서서 위엄 있는 자세를 취했기 때문이다. 낯선 늑대는 앞으로 다가와서 복종의 표시로 블루보이의 턱 밑에 코를 갖다 대었다.

새로 온 늑대가 앉자 루파가 물었다.

"이름이 뭐니?"

새로 온 늑대가 루파를 살펴보며 대답했다.

"레이즈야."

앨버타가 물었다.

"어디에서 왔지?"

"라마 계곡."

"그게 어딘데?"

"옐로스톤 공원 북동쪽 끝에 있어."

루파가 말했다.

"너는 어리구나."

"그렇게 어리지 않아. 내년 봄이면 두 살이 돼."

다시 앨버타가 물었다.

"그런데 여기서 태어난 거잖아. 함께 다니는 무리가 없니?"

"지난가을에 독립했어."

호프가 물었다.

"아니, 왜?"

그러자 레이즈가 호프를 무시하듯 바라보며 대답했다.

"짝을 찾아서 나만의 무리를 만들 생각이었거든. 그런데 운이 별로 좋지 않았어. 힘든 겨울이었잖아."

루파가 물었다.

"그 라마 계곡이라는 데는 어떤 곳인데?"

"그런 데는 한 번도 못 가 봤을걸. 와피티사슴하고 가지뿔영양하고 뮬사슴이 넘쳐 나."

그러자 프릭이 끼어들었다.

"그렇게 천국 같은 곳이라면서 왜 떠나온 거냐?"

"아까 말했듯이, 독립할 때가 됐기 때문이라니까."

그때 블루보이가 말했다.

"와피티사슴이라고 했나?"

"엄청나게 많아요. 들소도요. 당신이라면 쓰러뜨릴 수 있을 거예요. 수백 마리나 돼요. 엄청나게 크지만 별로 빠르지는 않죠."

"맛은 어떤가?"

"끝내줘요."

이상한 일이었다. 나는 이 레이즈라는 녀석을 잘 알지도 못하고 들소를 본 일도 없지만, 왠지 이 녀석은 들소의 맛도 못 봤을 거라는 생각이 들었다.

"그곳으로 가는 게 어떨까."

루파가 제안했다.

호프가 얼른 말했다.

"프릭은 아직 여행할 수가 없어요."

"어서 가. 나는 조용히 쉬고 싶어."

프릭이 이렇게 대꾸하자 호프가 소리쳤다.

"혼자 놔두고 갈 수는 없어요!"

여름 동안 우리는 보금자리를 서너 번 옮겼지만 가까운 곳을 맴돌았다. 레이즈는 사냥감이 가득한 천국 이야기를 계속 흘리고 다녔다. 9월이 되자 프릭도 건강을 조금 되찾은 것 같았다. 그러던 어느 날, 블루보이가 나를 따로 부르더니 그 라마 계곡이라는 곳을 확인해 보고 알려 주지 않겠느냐고 부탁했다.

이튿날 나는 동쪽으로 날아갔다. 블루보이가 서둘러 달라는 말은 하지 않았으므로, 나는 쉬고 싶을 때마다 쉬면서 새들과 수다를 떨었다. 가는 동안 꼭대기에 눈이 덮인 험한 산 몇 개와 물살이 거센 커다란 강 하나와 주와 주를 잇는 고속 도로 하나를 지났다. 그러고는 점심때쯤에 내가 가 보는 세 번째 주인 와이오밍주로 들어섰다. 황금방울새들 덕분에 와이오밍주를 넘자마자 '로키산맥 분수령'이라는 것도 넘었음을 알게 되었다. 나는 그게 뭔지 물은 것을 후회했다. 그 분수령을 경계로 이쪽 강들은 모두 이쪽 바다로 흐르고, 저쪽 강들은 모두 저쪽 바다로 흐른다고 말해 주었는데, 바로 그 저쪽 바다라는 게 트릴비가 간 곳이기 때문이었다.

하지만 일단 옐로스톤 공원의 중심부로 들어가자, 눈앞에 펼쳐지는 놀라운 광경에 트릴비 생각조차 사라졌다. 김이 나는 거대한 물줄기가 땅에서 뿜어져 나와 하마터면 날다가 맞을 뻔하기도 했다. 머지않은 곳에 거품이 뽀글뽀글 올라오는 온천과 진흙이 끓어오르는 웅덩이, 연기를 내뿜는 거대한 개미탑 같은 둑들이 있었다. 또 화석으로 변해 버린 나무들이 꽉 들어찬 숲과 협곡 사이를 흐르는 강들도 있었다. 강이 워낙 깊어서 아무리 물수리라도 곁에서는 물고기를 못 찾을 것 같았다. 물이 파랗지 않고 주황이나 초록인 웅덩이들도 있었다. 나는 그 웅덩이 물을 한 번 맛보려고 부리를 대었다가 가까운 호수로 쏜살같이 날아가 부리를 물에 처넣었다. 너무 뜨거웠다. 그 호수는 내가 본 호수 중에 가장 컸다. 커다란 노란 부리를 가진 낯선 새들이 물고기를 잡고 있었는데, 잡은 물고기를 가둬 둘 때는 부리를 훨씬 더 크게 늘리기도 했다.

옐로스톤 공원은 대부분 야생 모습 그대로였지만, 가끔 경이로운 풍경을 넋을 놓고 바라보는 사람들 무리나 뾰족한 지붕이 달린 통나무집들이 보이기도 했다. 그중 내 눈길을 끈 것은 빈터에 있는 작은 동물 보호소였다. 프릭이 캐나다에서 잡힌 다음에 끌려갔던 곳을 이야기해 준 적이 있는데, 그곳이 프릭의 설명과 딱 맞아떨어지는 곳이었다. 그곳에는 삼각형 모양의 집 한 채와 트레일러 세 개, 철망 담장이 둘러쳐진 우리들이 있었다. 삼각형 집에는 차고가 붙어 있고, 차고 바깥에는 먼지 쌓인 지프차가 서 있었다. 한 철망 우리 안에서 두 사람이 아파 보이는 늑대 한 마리를 살피고 있었다. 한 사람은 덩치가 크고 얼굴에 털이 많이 난 남자였고, 한 사람은 머리색이 몬태나에서 봤던 밀밭 빛깔인 긴 머리 여자였다. 두 사람이 삼각형 집으로 들어가자, 나는 늑대한테 말을 걸었는데, 늑대는 아파서 잡담할 기분이 아닌 모양이었다.

"라마 계곡이 어느 쪽인지 아니?"

묻는 말에 늑대는 고개만 조금 들더니 주둥이로 북동쪽을 가리켰다. 나는 늑대가 가리킨 쪽으로 날아가다가 해 질 녘에 밤을 지내려고 소나무 하나에 자리를 잡았다. 그 나무에 사는 딱따구리 말에 의하면 '로지폴 소나무'였다. 딱따구리가 나무를 두드려 대는 바람에 생각보다 일찍 잠이 깼는데 오히려 잘된 일이었다. 얼마 지나지 않아 산등성이 위를 날아갈 때 마침 라마 계곡 위로 해가 떠오르는 모습을 볼 수 있었기 때문이다. 그렇게 아름다운 광경은 난생처음이었다. 굽이굽이 흐르는 강을 따라 줄지어 늘어선 나무들이 첫 햇살을 받아 황금빛으로 불타올라 짙푸른 강물에 금빛 테두리를 둘러 주었다. 강 양쪽으로는 풀이 무성한 들판이 언덕 끝까지 펼쳐졌는데, 거기에서는 놀라운 짐승들이 무리 지어 풀을 뜯었다.

나는 못 둑에 내려앉아 오리와 이야기를 시작했다.

암컷 오리가 말했다.

"사실 나는 쇠검은머리흰죽지야. '쇠'라는 말이 붙어서 이상하게 들릴지 모르지만."

쇠검은머리흰죽지는 계곡에 사는 짐승들의 이름을 다 알고 있었다. 가지뿔영양은 이미 알고 있었지만, 이 오리 덕에 큰 귀가 달린 것이 뮬사슴이고, 귀가 훨씬 더 크고 커다란 뿔까지 달린 것이 와피티사슴이며, 가장 크고 털이 북슬북슬한 녀석들이 레이즈가 말한 들소라는 것을 알게 되었다.

"레이즈 녀석이 들소를 먹어 봤을 리가 없지."

내가 이렇게 중얼거리자 오리가 물었다.

"레이즈가 누군데?"

"여기 어디서 살았다는 늑대야."

그러자 금빛으로 반짝이는 나무들 중 하나에 앉아 있던 휘파람새가 끼어들었다.

"오오, 우리는 늑대들을 정말 좋아하는데."

내가 맞장구를 쳤다.

"맞아, 먹이를 실컷 먹게 해 주잖아."

휘파람새는 그런 건 잘 모르겠지만 늑대들이 돌아온 뒤로 새들 사는 형편이 나아졌다고 말했다.

"사슴들하고 와피티사슴들이 우리가 둥지를 지을 때 쓰는 풀을 다 먹어 치우곤 했는데, 이제 늑대들이 그러지 못하게 막아

쥐. 늑대들이 여기 와서 아메리카들소들을 쫓아다니지 않았다면 내가 앉아 있는 이 사시나무도 다 짓밟혀서 없어졌을걸."

"아메리카들소라고?"

"그냥 들소라고도 해."

"따지고 보면 이 연못도 늑대들 덕분에 생긴 거지."

오리가 연못이 생기게 한 둑을 가리키며 말했다.

나는 놀라서 물었다.

"늑대들이 저 둑을 만들었다고?"

"아니지, 둑은 비버들이 만들었지."

오리는 나무들이 다시 생기자 나무를 사랑하는 비버들이 돌아왔다고 설명해 주었다. 그러고는 말을 이었다.

"레이즈라는 늑대가 연못에 자기 모습을 비춰 보길 좋아하던 그 어린 늑대가 아닌가 모르겠네. 까마귀처럼 새까만 녀석이야?"

"맞아."

"그 녀석이 맞겠군. 작년 여름에 녀석이 저기 저쪽을 돌아다니곤 했어."

오리는 물 위로 솟아 있는 둑을 납작한 부리로 가리키고는 덧붙여 말했다.

"자기 모습을 비춰 보길 좋아했지."

휘파람새가 말했다.

"물에 비친 모습이 멋있어 보였나 봐. 어느 날 여기 있다가 무리로 가더니 자기 아버지한테 대들었거든. 아버지가 혼쭐을 내고는 무리에서 쫓아 버렸지. 그 뒤로는 녀석을 못 봤어."

그러니까 이게 바로 레이즈가 말한 '독립'이었다.

내가 물었다.

"늑대들이 계곡을 나눠 쓰니?"

휘파람새가 대답했다.

"그건 잘 모르겠지만 두 무리가 한바탕 싸우는 건 봤어. 우두머리들끼리 살벌하게 싸움을 벌였는데, 이긴 늑대들이 진 늑대들을 모조리 잔인하게 죽여 버렸어."

오리가 덧붙였다.

"하지만 늑대들이 우리를 괴롭히지는 않아. 그나저나 내 이름은 사브리나야."

휘파람새가 말했다.

"나는 오듀본*이고."

사브리나와 오듀본이라니! 어떻게 내 시시한 이름을 밝힐 수 있겠는가? 그렇지만 우리 무리가 여기로 옮겨 올 게 거의 확실한 마당에 거짓말을 하면 들통이 날 게 뻔했으므로 나는 내 이름을 얼른 털어놓고는 놀림을 당하기 전에 재빨리 자리를 떠났다.

---

*미국 조류학의 아버지.

아이다호주로 돌아오는 길은 150킬로미터가 넘었다. 오는 길 대부분을 맞바람을 뚫고 날아야 해서 저녁 늦게 집에 도착했을 무렵에는 녹초가 되었다. 늑대들은 그날 아침에 사냥한 먹이를 실컷 먹었는지 프릭만 빼고는 다들 잠들어 있었다.

프릭이 상처 난 뒷다리 쪽에 꼬인 파리들을 뭉뚝한 꼬리로 쫓으며 조용히 물었다.

"가 보니까 어땠어?"

"레이즈가 거짓말한 건 아니었어. 계곡에 대해서만큼은 말이야. 사냥감 천지더군. 와피티사슴을 본 적 있어?"

나는 속삭이듯 말했는데, '와피티사슴'이라는 말이 떨어지기가 무섭게 늑대들이 눈을 떴다. 이튿날 아침에 우리 무리는 바로 길을 떠났다. 옐로스톤 국립 공원으로 말이다.

8

가여운 네발짐승들은 처음 큰 강까지만 가는 데도 꼬박 이틀
이 걸렸다. 그러고 나서도 물에 휩쓸려 내려가지 않고 건널 수
있는 곳을 찾아 상류 쪽으로 한참을 올라갔다. 그러고는 주 경계
고속 도로까지 가는 데 또 하루가 걸렸다. 늑대들은 바퀴 달린
거대한 짐승들이 잦아드는 한밤중이 될 때까지 기다렸다가 잽
싸게 고속 도로를 건너갔다.

　고된 여행이었다. 프릭은 무거운 다리를 끌다시피 하며 따라
갔다. 닷새째 되는 날 오후에, 마침내 우리는 라마 계곡이 내려
다보이는 산등성이에 이르렀다. 등 뒤에서 비치는 햇살이 동쪽
의 거대한 산봉우리들을 비추자, 라마 계곡은 일주일 전보다 훨
씬 더 웅장해 보였다.

레이즈가 우쭐해서 말했다.

"내가 빈말한 게 아니지?"

호프는 흥분해 있었다.

"이런 멋진 곳이 있을 줄은 꿈에도 생각 못 했어."

앨버타가 말했다.

"블루보이, 저기 와피티사슴 좀 봐."

블루보이는 침을 흘리고는 있었지만 사냥을 생각하기 전에 보금자리부터 찾아야 한다고 고집했다. 레이즈가 지리를 알고 있으므로, 블루보이는 레이즈를 앞장세웠다. 하지만 블루보이가 무턱대고 뒤따라갈 리가 없었다. 큰 강 옆으로 작은 샛강이 갈라지는 곳에 이르자, 블루보이가 모두 멈추라고 짖었다. 늑대들은 물 근처에 정착하기를 좋아하는데, 블루보이는 그 샛강의 모양이 마음에 들었던 것이다.

레이즈가 말했다.

"이건 소다 뷰트 샛강이에요. 하지만 더 좋은 곳을 알아요."

옐로스톤에는 로지폴 소나무가 아주 흔한 듯했는데, 레이즈가 우리를 이끌고 북쪽으로 가는 길에 나는 로지폴 소나무에 앉아 있는 휘파람새 오듀본을 발견했다.

내가 오듀본이 앉아 있는 가지에 내려앉자 오듀본이 말했다.

"까치인데 매기라며?"

그러고는 곧바로 덧붙였다.

"미안, 나도 모르게."

"괜찮아."

우리는 주로 나의 최근 여행에 대해서 잠깐 수다를 떨었다. 그러고 나서 다시 무리를 따라가 보니 앨버타, 프릭, 루파, 호프, 이렇게 넷이 큰 강 옆으로 또 갈라진 다른 샛강 옆에 서 있었다.

호프가 말했다.

"이건 슬루 샛강이래. 레이즈 말로는 절대 마르지 않는대."

"레이즈랑 블루보이는 주변을 살펴보러 먼저 갔어. 이 버드나무에서 영역 표시 냄새가 나서 말이야."

앨버타의 말에 나는 가지가 축축 늘어진 나무에 내려앉아 보았지만 '영역 표시 냄새'라는 게 무엇인지 이해할 수 없었다.

앨버타가 설명해 주었다.

"우리 늑대들이 영역을 표시하는 방법이야. 레이즈는 이 영역 표시 냄새가 오래된 것이라네."

프릭이 중얼거렸다.

"내가 볼 때는 얼마 안 된 냄새인데."

나는 상류로 날아가서, 샛강을 가로질러 넘어져 있는 나무 위를 미끄러지듯 지나 샛강 가장자리에 있는 커다란 둥근 바위 위에 내려앉았다. 블루보이와 레이즈가 바위 그늘 안에서 이야기를 나누었다.

레이즈가 언덕을 올려다보며 말했다.

"어때요, 굉장하죠?"

"주인이 없다니, 이상한데."

"주인이 있었죠. 봐요, 누군가 굴을 파 놨잖아요. 이제 차지하기만 하면 돼요."

샛강 가장자리는 대부분 나무가 우거졌지만 바위에서부터 언덕 꼭대기까지는 풀만 자란 넓은 길이 뻗어 있었다. 비탈 중간에는 사시나무 한 그루가 서 있고, 그 바로 위에는 새끼 낳는 굴로 쓰였을 것 같은 구멍이 있었다. 언덕 꼭대기 근처에는 로지폴 소나무 두 그루가 파수꾼처럼 서 있었다. 트여서 볕이 잘 들면서도 숨을 수 있는 숲이 가깝고, 사냥감이 넘치는 계곡이 가까우면서도 조금은 외따로 떨어져 있는 아주 매력적인 곳이었다. 하지만 블루보이는 뭔가 탐탁지 않은 눈치였다. 블루보이는 콧수염을 떨면서 계속 냄새를 맡았다. 그때 늑대 울음소리가 들리자 블루보이의 귀가 쫑긋해졌다. 블루보이가 만족스럽게 사냥을 마치고서 돌아오는 길에 내던 것과 같은 소리였다.

"어서 여길 떠나자."

블루보이가 말했지만 레이즈는 꿈쩍도 하지 않았다. 조금 뒤에 늑대 한 무리가 숲에서 총총거리며 나왔다. 어른 늑대 다섯 마리와 새끼 네 마리였다. 새끼들은 신나게 짖으며 굴 쪽으로 달려왔다.

블루보이가 속삭이듯 말했다.

"가자니까."

"겁나요?"

그 말에 나는 기가 막혔다. 블루보이도 마찬가지인 것 같았다. 블루보이가 뭐라고 대꾸하기도 전에 레이즈가 바위 그늘을 벗어나 밖으로 나갔다. 언덕 위에 있던 어른 늑대들의 귀가 앞으로 쫑긋 섰다. 가장 덩치가 크고 털이 검은 우두머리 수컷이 레이즈를 매섭게 노려보며 앞으로 나섰다.

"혼이 덜 나서 돌아왔나?"

레이즈는 언덕으로 한 걸음 더 올라가더니 으르렁거렸다. 새끼들은 한데 모여들며 낑낑거렸지만, 어른 늑대들은 맞받아 으르렁거렸다. 우두머리가 목 주위의 털을 바짝 세운 채 언덕을 내려오기 시작했다. 레이즈는 한 걸음도 물러서지 않았다. 나는 블루보이한테 자리를 뜨자고 설득했다.

블루보이는 자리를 뜨지 않았다. 블루보이는 바위 그늘 밖으로 나가더니 프릭을 처음 만났을 때처럼 담담하게 언덕 위에서 내려오는 우두머리를 쳐다보았다. 하지만 그때와는 달리 블루보이는 다친 상태가 아니었다. 우두머리는 그 자리에 얼어붙었다. 나머지 무리도 마찬가지였다. 나는 가슴이 방망이질 쳤다. 내가 이토록 어리석었다니! 나는 레이즈가 지난겨울 처음 우리와 만난 뒤로 내내 무슨 짓을 꾸미고 있었는지 퍼뜩 깨달았다. 레이즈가 블루보이를 보고 도망가지 않았던 이유는 신선한 영양 고기 때문이 아니었다. 바로 블루보이 때문이었다. 레이즈는 이렇게 생각했을 것이다. 드디어 아버지한테 복수해 줄 늑대를 찾았구나! 레이즈는 처음부터 바로 이런 순간이 오도록 음모를 꾸민 게 분명했다. 블루보이한테 겁나냐고 했던 마지막 술수는 위험하기도 했지만 영리한 방법이었다.

블루보이가 이 무리와 맞닥뜨린 것이 걱정스럽기는 했지만, 사실 레이즈의 아버지를 불쌍하게 여기지 않을 수가 없었다. 바위 그림자 속에서 블루보이 같은 늑대가 불쑥 나타난 것을 보고 얼마나 깜짝 놀랐을까! 내가 두 우두머리를 번갈아 보는 사이에 사시나무에서 나뭇잎 하나가 떨어졌다. 나뭇잎은 허공에서 이리저리 춤을 추며 바닥으로 내려갔다. 나뭇잎이 바닥에 닿자, 레이즈의 아버지가 으르렁거렸다.

"내 땅에서 썩 꺼져."

블루보이가 그 말을 순순히 들을 리 없었다. 블루보이가 맞받아 으르렁거리자, 다른 늑대들이 모두 긴장했다. 하지만 당연히 우두머리 둘이 해결해야 할 일이었다.

둘이 맞붙어 싸우자, 포효 소리와 울부짖음 소리가 너무 무시무시해서 나는 움찔하며 고개를 돌렸다. 바로 그때 우연히 나는 레이즈의 얼굴에 스쳐 지나가는 만족스러운 표정을 보았다.

9

정신을 가다듬고 다시 언덕 쪽을 쳐다보니 레이즈의 아버지
가 찢긴 목구멍으로 피를 쏟으며 옆으로 누워 있었다. 블루보이
는 피 묻은 주둥이를 쳐들더니 이겼을 때 본능적으로 나오는 울
부짖음 소리를 길게 뽑았다. 죽은 늑대의 무리들은 공포에 질려
멍하니 있었다. 나는 눈앞에서 순식간에 우두머리가 찢기는 광
경을 목격한 늑대들의 심정을 그저 짐작만 해 볼 따름이었다. 블
루보이가 쳐들었던 얼굴을 내리며 늑대들을 쳐다보았다. 죽은
늑대 무리는 레이즈를 적으로 쳐도 자기들 수가 훨씬 많았지만,
어느 누구도 나서지 않았다.

뒤에서 소리가 나서 돌아보니, 앨버타가 샛강을 따라 달려오
고 그 뒤로 루파와 프릭과 호프가 따라왔다. 하지만 우리 무리가

바위를 채 돌기 전에, 상대방 늑대들이 새끼들을 데리고 도망쳤다. 이긴 무리가 진 무리를 잔인하게 마구 죽였다는 오듀본의 말이 생각났다. 블루보이도 캐나다에서 분명 비슷한 일을 당했을 테니 이 무리한테도 무자비하게 굴지도 몰랐다. 그러나 블루보이는 뒤쫓지 않았다.

상대 무리가 모두 숲으로 모습을 감추자, 블루보이가 물었다.

"네가 있던 무리냐?"

레이즈가 어깨를 으쓱하며 대답했다.

"미안해요. 다른 데로 옮겨 간 줄 알았죠. 이제 진짜 갔네요. 지금부터 여긴 다 우리 땅이에요."

블루보이가 엉망으로 찢긴 사체를 보며 다시 물었다.

"네 아버지냐?"

"악랄한 독재자였을 뿐이에요. 내가 처리하죠. 사체 말이에요."

그러면서 레이즈는 콧방귀를 뀌었다.

레이즈가 사체를 숲으로 끌고 가는 사이에 다른 늑대들이 언덕 위에 다다랐다.

프릭이 물었다.

"블루보이, 무슨 일이야? 저 멍청한 늑대가 너한테 대들었어?"

앨버타가 블루보이의 코에 묻은 피를 핥아 주며 말했다.

"괜찮아?"

블루보이도 같이 앨버타를 핥아 주었다.

루파가 언덕을 둘러보며 말했다.

"아주 멋진 곳이로군."

호프도 거들었다.

"봐요, 엄마, 굴도 있어요."

긴 여행 탓에 프릭은 지칠 대로 지쳐서 자리에 눕자마자 곯아 떨어졌다. 다른 늑대들도 배는 고팠지만, 날도 저물어 갔고 피곤하기도 했다. 호프와 루파와 앨버타는 굴 근처에 잠잘 곳을 정했다. 블루보이는 멀리 언덕 꼭대기에서 보초를 섰다. 나는 사시나무에 자리를 잡았다. 레이즈는 숲에서 한참을 있다가 우리가 있는 곳으로 돌아왔다. 레이즈가 자기 아버지를 늑대 식으로 장례를 치러 주었는지 아니면 먹어 치웠는지는 모를 일이었다.

동트기 전에 어슴푸레 날이 밝아 오자, 블루보이는 잠든 늑대들을 깨웠다. 프릭만 남겨 둔 채 늑대들은 평소 사냥할 때처럼 블루보이 뒤에 순서대로 서서 산등성이 오솔길을 따라갔다. 앨버타, 루파, 레이즈, 호프 순서였다. 나는 그 위로 날아갔다. 블루보이는 계곡이 내려다보이는 언덕 꼭대기 위에서 아래를 살펴보다가 외따로 떨어진 와피티사슴 수놈을 발견하고는 무리를 이끌고 내려갔다. 블루보이와 앨버타는 바람이 불어 오는 방향으로 빙 돌아갔다. 나머지 늑대들은 반대 방향에서 사슴 쪽으로 살금살금 다가갔다. 사슴은 거대한 가지뿔을 들고 냄새를 킁킁 맡더니 다가오는 늑대들을 피해 잽싸게 도망쳤다. 앨버타한테 곧장 말이다. 앨버타가 펄쩍 뛰어올라 사슴의 오른쪽 목을 콱 물었다. 블루보이는 반대쪽에서 사슴을 내리쳤다. 사슴은 뿔로 블루보이와 앨버타를 넘어뜨리려고 했지만 헛수고였다. 사슴은 두 늑대를 끌고 비틀거리며 몇 걸음 가더니 무릎을 꿇고 넘어졌다. 이내 나머지 늑대 세 마리도 사슴한테 달려들었다. 순식간에 일어난 일이었다.

처음 먹어 보는 와피티사슴이었다. 맘에 들었다. 늑대들도 엄청 좋아했다. 다 큰 와피티사슴이라 보통 사슴보다 훨씬 컸는데, 반쯤 먹었을 때 거대한 회색곰 두 마리가 쿵쿵거리며 다가왔다. 아무리 블루보이라고 해도 곰들과 몸싸움을 하기는 싫었는지 프릭한테 가져다줄 고기만 큼지막하게 뜯어 내고는 나머지는 곰들한테 넘겨주었다.

이렇게 해서 우리는 슬루 샛강 위 언덕에 자리를 잡게 되었다. 옐로스톤 공원의 북동쪽인 이 지역은 먹이가 넘쳐 났으므로 아침마다 사냥을 나갈 필요도 없었다. 늑대들은 배불리 먹은 먹이를 소화시키느라 며칠을 빈둥거리기도 했다. 눈이 오고 슬루 샛강이 얼어도 여전히 사냥감은 있었다. 쫓겨난 무리가 뺏긴 땅을 다시 찾으려 들지도 않았으므로 다들 이곳에 온 것을 잘했다고 생각했다. 프릭과 어쩌면 나만 빼고 말이다. 아이다호주에 있을 때처럼 프릭의 엉덩이와 뒷다리는 추위를 피할 길이 없었고, 짝짓기 철이 왔어도 지난해와 마찬가지로 루파와 짝짓기 할 운도 따라 주지 않았다. 프릭은 잠자는 시간이 점점 많아졌다. 다른 늑대들이 사냥을 마치고 돌아왔는데도 여전히 잠들어 있을 때도 잦았다. 내 경우를 말하자면, 사냥감이 풍족하다 보니 사냥감을 찾아내는 내 능력이 쓸모없어졌고, 그러니 왠지 이방인이 된 느낌이었다.

그나마 기분 좋은 일은, 마침내 눈이 녹아 샛강 물이 불어나자, 앨버타의 배도 불러 왔다는 사실이다. 4월 말이 되자, 앨버타는 이미 파여 있던 굴로 들어갔다. 일주일이 지나자, 갓 태어난 새끼들이 낑낑거리는 소리가 들렸다. 블루보이는 와피티사슴 고깃덩어리를 굴 입구에 갖다 놓고는 굴 바로 앞에서 귀를 쫑긋 세운 채 누워 있기 시작했다. 블루보이는 세 마리 소리가 난다고 자신 있게 말했다. 그러고는 새끼들을 보려고 다른 늑대들보다 훨씬 더 일찍 일어났다. 5월 중순 달이 뜬 어느 늦은 밤에 잠에서 깼더니, 블루보이가 땅에 불이라도 난 것처럼 굴 밖을 서성였다. 옐로스톤 공원에는 언제 어디에서라도 불이 날 수 있는 게 사실이지만, 그때 슬루 샛강 위쪽 비탈은 이제 막 눈이 녹기 시작했고, 내가 사는 사시나무 밑동에도 눈이 아직 눈썹 모양으로 남아 있었다.

블루보이가 긴장하는 모습은 의외였지만, 그렇게 새끼를 바라는 마음도 이해가 갔다. 그때까지 블루보이는 새끼 운이 없었다. 첫 번째 새끼들은 모두 잃었고, 두 번째 새끼들도 호프만 남았으니 말이다.

내가 조용히 물었다.

"새끼들이 오늘 나올 거 같아?"

"그럴 거 같아."

다른 늑대들은 몸을 웅크린 채 여전히 잠이 들어 있었다. 산 너머 동쪽 하늘도 여전히 내 깃털처럼 새카맸다. 그러다 먼동에 원뿔 모양으로 어슴푸레 '황도광*'이라고 부르는 빛이 생기더니 하늘이 흉내지빠귀 같은 희미한 잿빛으로 조금씩 밝아졌다. 갑자기 블루보이가 걸음을 멈추었다. 이제 사시나무 위까지 새끼들 짖는 소리가 들렸다.

블루보이가 속삭였다.

"첫째인가보군. 사내 녀석 같은데. 안 그래?"

블루보이가 아들을 간절히 바라는 마음 역시 이해할 수 있었다. 자기를 빼닮은 당당한 늑대 말이다. 떠오르는 해가 산꼭대기를 황금빛으로 물들이자, 슬루 샛강 건너편에서 새들이 지저귀기 시작했다. 음치인 것을 보니 지빠귀들이었다. 호프와 루파가 몸을 꿈틀거렸고, 레이즈도 그랬다.

갑자기 굴 안에서 새끼 두 마리가 비틀거리며 나왔다. 둘은 크

---

*해 진 뒤 서쪽이나 해 뜨기 전 동쪽 하늘 지평선에서 원뿔 모양으로 퍼져 보이는 희미한 빛의 띠.

기가 비슷했는데, 갈색 솜털로 덮인 암컷과 거의 까맣다시피 한 수컷이었다. 바로 뒤로 앨버타가 나오자, 블루보이는 행복하게 짖으며 축하의 뜻으로 앨버타의 코를 비벼 댔다. 솜털 뭉치들은 갓 자란 풀밭을 뒹굴었다. 그때 수컷 새끼 두 마리가 더 나타났다. 더구나 한 마리가 다른 새끼를 업은 채로 말이다! 업힌 녀석은 가장 크기가 작은 막내였고, 업은 녀석은 두말할 것 없이 가장 덩치가 큰 녀석이었다.

블루보이가 놀란 눈으로 앨버타를 보았다. 앨버타는 어깨를 으쓱했다. 블루보이는 콧방귀를 뀌더니 자리에 꿇어앉았다. 그러자 곧바로 처음 두 마리가 조그만 안짱다리로 아장아장 걸어와서 블루보이 턱 밑을 핥았다. 막내도 형의 등에서 미끄러져 내려와서 똑같이 했다. 하지만 마지막 남은 녀석은 딴 데 정신이 팔려 있었다.

블루보이가 녀석을 보며 물었다.

"첫째인가?"

"으응."

앨버타가 대답했다.

굴에서 조금 아래쪽 비탈에 무지갯빛 딱정벌레 한 마리가 나뭇가지 위에 앉아 있었다. 첫째가 머뭇거리며 그쪽으로 발을 내딛자, 딱정벌레가 날개를 펴더니 날아가 버렸다. 잔뜩 신이 난 첫째는 딱정벌레를 쫓아갔다. 그러다 발을 헛디뎌 비탈을 굴러 내려갔다. 내 사시나무에 부딪히지 않았더라면 샛강까지 굴러 내려갔을 터였다.

호프가 말했다.

"대단한 꼬마 모험가네. 엄마, 저 녀석 이름을 뭐라고 지을 거예요?"

"아빠가 지을 차례란다. 네 이름은 내가 지었으니까."

블루보이가 계곡으로 이어지는 골짜기를 내려다보며 말했다.

"라마가 어떨까?"

그러고는 큰 소리로 불렀다.

"라마!"

첫째는 고개를 돌리더니 되똥거리며 언덕을 기어 올라왔다. 마침내 아버지한테 인사를 하려는 찰나, 강물에 햇살이 비쳐 다이아몬드처럼 반짝거렸다.

라마가 탄성을 질렀다.

"이렇게 아름다운 곳은 난생처음 봐."

소란스러움에 잠이 깬 프릭이 말했다.

"아름다운 곳을 꽤나 많이 봤나 보네."

라마가 고개를 돌려 프릭을 뚫어지게 바라보며 말했다.

"엄마처럼 목에 뭔가를 두르고 있네요."

"목줄이란다."

"저 조그만 것들은 뭐예요?"

프릭이 뭉툭한 꼬리를 휙 흔들며 대답했다.

"파리."

"이 간질거리는 것들은요?"

"풀."

라마가 프릭한테 질문을 퍼붓는 동안, 앨버타는 블루보이한테 다른 새끼들의 이름을 짓는 것을 도와 달라고 부탁했다. 앨버타와 블루보이는 암놈은 리비, 수놈은 벤이라고 이름 지었다. 호프가 마음이 상할까 봐, 막내도 첫째의 등을 타고 나온 아이라는 뜻으로 라이더라고 이름을 지어 주었다. 벤과 리비는 늑대 새끼들이 으레 그렇듯이 치고받기 놀이를 시작했고, 비록 몸집은 작지만 라이더도 놀이에 끼어들었다. 라마는 아버지가 눈을 가늘게 뜨고 바라보는 것을 깨닫지 못한 채 처음 보는 것들을 묻느라 프릭을 달달 볶았다.

"내가 부딪혔던 저건 뭐예요?"

"나무란다. 정확히 말하면 사시나무지."

"사시나무에 달린 저것들은 뭐예요?"

"막 싹트기 시작한 나뭇잎들이란다. 저 까맣고 하얀 건 새고."

"새라고요?"

라마는 당연히 감명받은 듯했다.

"우리들 친구이고, 까치란다. 이름은 매기야."

나를 올려다보는 라마의 눈은 사랑스러운 연한 푸른빛이었다.

라마의 몸은 엄마를 닮아 거의 잿빛이었지만 얼굴은 잿빛과 갈색과 흰색과 검은색이 어우러져 깊은 표정을 담고 있었다. 내가 세상에 나온 걸 환영한다고 막 말하려는데 라이더의 비명 소리가 들렸다.

벤이 막내를 쳐서 공중에 날려 보낸 참이었다. 라마는 재빨리 달려가 막내를 일으켜 준 다음, 벤을 돌아보며 꼬리를 곧추세웠다. 벤은 꼼짝도 못 했다.

그러자 블루보이가 나지막이 말했다.

"그래, 그래야지."

늑대들은 새끼들과 놀면서 하루를 보냈다. 신나게 뛰노는 새끼들을 지켜보다가 나는 문득 블루보이처럼 털이 푸른 새끼가 한 마리도 없음을 깨달았다. 그럼에도 블루보이의 입가에는 미소가 떠나지 않았다. 심지어 루파와 레이즈도 새끼들을 싫어할 수 없었다. 오후 늦게 사랑스러운 꼬마 녀석들이 선 채로 졸기 시작하자, 앨버타가 새끼들을 몰고 굴로 들어갔다.

이튿날 아침, 나는 늑대들과 사냥에 나갔다가 그날 잡은 사냥감을 재빨리 몇 입 쪼아 먹고는 서둘러 굴로 돌아왔다. 그래서 새끼들이 다시 나오는 모습을 제시간에 볼 수 있었다. 오늘은 라이더가 저 혼자 힘으로 나와서는 배고픈 눈으로 주위를 두리번거렸다. 앨버타가 젖을 뗀 모양인지, 다른 새끼들 세 마리도 배가 고파 보였다. 프릭은 여느 때처럼 잠자고 있다가 라마가 젖을 찾아 자기 배에 파고들자 잠에서 깼다.

"미안하지만 소용없단다."

라마는 실망한 얼굴이었지만, 머지않아 사냥꾼들이 돌아오자, 다른 새끼들과 함께 달려가 어른들의 입언저리를 주둥이로 쿡쿡 찔렀다. 늑대들의 본능인 모양이었다. 사냥꾼들이 미리 씹어 놓은 먹이를 땅에 토해 내자, 새끼들이 정신없이 먹기 시작했다.

"이게 뭐죠?"

라마가 한입을 꿀꺽 삼킨 다음 탄성을 질렀다.

"와피티사슴이란다."

블루보이가 대답했다.

"이렇게 맛있는 건 난생처음 먹어 봐요."

그러자 프릭이 중얼거렸다.

"맛있는 먹이를 꽤나 많이 먹어 봤나 보네."

리비와 벤은 라이더가 먹지 못하게 계속 어깨로 밀어 냈다. 하지만 열정적인 식사 시간이 끝나자, 라마는 막내 먹으라고 먹이를 뱉어 냈다. 블루보이가 이런 모습을 좋아할 리가 없었다. 새끼들은 어떻게든 최대한 많은 양분을 섭취해야 하기 때문이다. 그렇지만 블루보이는 참견하지 않았다.

라마가 계곡 쪽을 바라보며 물었다.

"저기에 와피티사슴이 있어요?"

그러자 블루보이가 대답했다.

"먹이가 어디서 나는지는 걱정하지 마라. 너희들은 그냥 즐기면 돼."

즐기라는 말은 서로 발로 치고받으며 놀라는 말이었다. 이것은 사냥을 위한 기초 훈련이었다. 라마는 잠시 동생들과 치고받으며 놀다가 이내 싫증을 내더니 종종거리며 프릭한테 갔다.

라마가 언덕 위를 쳐다보며 물었다.

"저 키 큰 것들은 뭐예요?"

"로지폴 소나무란다."

"뾰족뾰족한 초록 털이 난 저 커다란 것들은요?"

"산이라고 부르지."

라마가 곧바로 산을 향해 올라가자, 앨버타와 블루보이가 으르렁거렸다. 새끼들은 함부로 굴에서 멀리 떨어지면 안 되는 법이다. 라마는 그냥 이것저것 질문하는 것으로 만족해야만 했다.

라마는 물었다. 묻고, 묻고, 또 물었다. 그래도 한번 물은 것을 또 묻지는 않았다. 일단 답을 들으면 다른 질문으로 넘어갔다. 라마는 누구를 귀찮게 하지 말아야 하는지도 곧 알아냈다. 아버지는 질문하는 것을 탐탁지 않게 생각하고, 레이즈는 짜증을 내며, 루파는 무관심하다는 것을 알아차렸다. 그래서 라마는 프릭과 나한테 초점을 맞추었다.

라마는 로지폴 소나무의 큰 키에 놀라워했고, 갑작스럽게 피어나 장관을 이루는 야생 꽃들에 감동했다. 라마는 하늘을 보고도 감동했다. 어느 날은 아버지의 털처럼 푸르렀다가, 다음 날에는 루파의 반들거리는 털처럼 잿빛이었고, 그다음 날에는 뭉글뭉글한 흰 것으로 뒤덮였다가, 다음 날에는 후두두 비를 뿌렸다.

어느 날 아침, 라마가 탄성을 질렀다.

"봐요, 저 새들은 하늘로 올라갈 수 있나 봐요!"

"저건 짹짹거리기나 하는 참새들이야."

나는 이렇게 말하고는 라마한테 진짜 나는 것이 무엇인지 보여 주었다. 그러고 나서 내가 사시나무로 돌아와 앉자, 라마는 날아 보려고 펄쩍펄쩍 뛰었다. 정말 안타까운 모습이었다. 나는 새들의 타고난 우월함에 라마가 기죽을까 봐, 새들은 늘대들처럼 소리를 길게 뽑으며 올 수 없다고 말해 주었다.

그러자 라마가 물었다.

"소리를 길게 뽑으며 우는 게 뭐예요?"

라마는 그게 무엇인지 곧 알게 되었다. 어느 날 밤에 와피티사슴을 실컷 먹고 나서 블루보이와 호프, 레이즈, 루파가 길게 울어 나를 잠들지 못하게 할 때, 라마가 굴 밖으로 고개를 쏙 내밀었다. 멀리서 대답하는 소리에 라마는 조그만 귀를 오므렸다. 아마 라마는 이때 처음으로 이 세상에 늘대들이 또 있음을 어렴풋이 깨달았을 것이다. 라마는 조금씩 밖으로 나오더니 감탄하는 듯이 말했다.

"저기 커다랗고 노란 늘대 눈 좀 봐!"

라마가 하는 말을 들은 건 나뿐인 것 같았다. 내가 그건 달이라고 말해 주려고 하는데, 저 멀리서 다른 소리가 들렸다. 늑대들 소리보다 더 높고 아름다웠다.

"저 늑대는 무슨 늑대예요?"

이 말에 다른 늑대들도 라마가 나와 있음을 알아챘다.

"자지 않고 뭐 하는 거냐?"

블루보이가 퉁명스럽게 말했다.

그러자 라마는 굴속으로 쏙 들어갔다.

이튿날 아침에 라마와 다른 새끼 늑대들이 나왔을 때, 날은 흐리고 추웠다. 블루보이는 정기적으로 그러듯이 자기 영토를 돌아보러 나가고 없었고, 사냥을 다녀온 다른 늑대들은 여전히 배가 불러서 프릭과 함께 빈둥거렸다. 지난밤 음악회가 벌어지는 동안 프릭은 자고 있었으므로 라마는 호프한테 새로운 울음소리에 대해 물어보았다.

"그건 코요테 소리야."

"코요테가 뭔데?"

그러자 레이즈가 끼어들었다.

"쓰레기지."

"쓰레기가 뭔데?"

호프가 대답했다.

"코요테는 늑대 비슷한 동물이야. 크기만 작을 뿐이지."

레이즈가 또 끼어들었다.

"특히 뇌가 작지."

그러자 프릭이 받아쳤다.

"똑똑하신 손님의 말씀이시네요."

레이즈가 눈을 가늘게 뜨고 프릭을 쏘아볼 때, 블루보이가 돌아왔다. 블루보이는 좀 떨어진 곳에서 꼬리를 곧추세운 채 서 있었다. 먼저 앨버타가 블루보이한테 다가가 턱 밑에 입을 맞추었다. 루파와 프릭과 심지어 레이즈까지 똑같이 했다. 새끼들이 서로 치고받으며 놀다가 어른 늑대들이 하는 것을 따라 하려 하자, 블루보이는 새끼들의 입이 닿을 수 있도록 몸을 살짝 낮추었다. 라마는 어깨를 으쓱하더니 처음으로 다른 늑대들이 하는 대로 따라 했다. 그러자 블루보이가 행복하게 나지막한 소리를 냈다.

그날 오후에는 눈이 내렸다.

"이게 뭐예요?"

라마는 소리를 지르며 이리저리 내달렸다.

"6월에 눈이라니."

레이즈가 투덜거렸다.

라마가 나한테 물었다.

"눈이 와도 날 수 있어요?"

나는 날아서 강을 건넜다가 다시 사시나무로 돌아왔다. 내가 눈 속으로 사라지는 모습을 보고 라마는 무슨 생각이 떠오른 모양이었다. 다른 새끼들과 야단법석을 떨며 놀다가, 리비한테 주둥이를 한 대 얻어맞자 세게 맞은 척하며 언덕 아래로 데굴데굴 굴러 내려갔던 것이다. 자기도 눈 속으로 사라져서 탐험에 나설 수 있을 거라 생각하고 말이다. 라마는 샛강 옆에 있는 큰 바위를 지나 물가를 따라갔다. 그러다가 샛강 건너편에서 자기보다도 작은 신기한 동물이 코를 킁킁거리며 돌아다니는 것을 보고, 샛강에 놓여 있는 통나무 다리까지 가서 다리를 건너기 시작했다. 그런데 통나무가 얼음에 덮여 있던 탓에 라마는 그만 미끄러지고 말았다.

슬루 샛강 물은 소스라칠 정도로 차갑다. 나도 그 물에 깃털을 씻어 본 적이 있었다. 라마는 허우적거리며 숨을 쉬려고 애썼다. 내가 블루보이한테 꽥 소리를 지르자, 블루보이가 강으로 돌진해서 라마의 목덜미를 홱 끄집어 당겼다. 라마는 물을 토해 내더니 캑캑거리며 고맙다고 말했다.

블루보이가 무서운 눈빛으로 라마를 노려보았다.

"대체 어디에 가려고 한 거냐?"

"강 건너에 코요테가 있었어요."

블루보이는 강 건너편을 보더니 표정이 누그러졌다.

"저 다람쥐 말이냐? 네 사냥 본능은 칭찬하마, 라마. 하지만 굴을 떠나기에는 아직 너무 어려."

"사냥하려고 한 게 아니에요. 그 아름다운 노래를 다시 듣고 싶었어요."

블루보이의 표정이 다시 험악해졌다.

"내 여동생 하나도 네 나이 때 이런 샛강에 빠져 죽었어."

"여동생들이 있었어요, 아버지?"

"셋이었지만, 지금은 아무도 없어."

"어떻게 됐는데요?"

"죽었다."

"죽었군요."

라마가 말을 이었다.

"그런데 아버지는 왜 엄마나 프릭이나 레이즈니 루파처럼 목줄이 없어요?"

"잃어버렸어."

"어떡하다 잃어버렸어요?"

"너는 너무 질문이 많아, 라마. 지금 네가 알아야 할 건 딱 한 가지다. 이 세상은 위험한 곳이라는 거야."

"이 세상은 위험한 곳이다."

라마가 되뇌었다.

"그리고 지금처럼 리비가 너를 때리게 놔두지 마라."

라마는 굴러 내려간 게 연극이었음은 말하지 않고 고개만 끄덕거렸다.

블루보이가 말을 이었다.

"너는 첫째다. 네 권력을 보여 줘야 해."

"'권력을 보여주는 게' 뭐예요?"

블루보이는 한숨을 내쉬었다.

10

　시간이 지남에 따라, 라마는 다른 새끼들보다 훨씬 크게 자랐
다. 라마는 새로 피어나는 모든 꽃들과 자기 곁을 지나 날아가는
처음 보는 모든 새와 곤충들한테 마음을 빼앗겼지만 탐험해 보
려는 충동을 억눌렀으며 특히 아버지가 들을 수 있는 곳에서는
질문도 삼갔다. 또한 '권력을 보여 주려고' 애쓰기도 했다. 사냥
꾼들이 미리 씹은 고기 대신에 진짜 살덩어리나 뼈를 가져오기
시작하자, 라마는 가장 큰 덩어리를 차지하는 것을 잊지 않았다.
형제들과 치고받고 노는 시간도 늘였는데, 맞으면 더 세게 때려
주었고, 뼈나 막대기로 줄다리기 놀이를 할 때도 져 주지 않았
다. 정말 신기하게도, 라마가 대장 노릇을 하면 할수록 동생들은
더 충성스러워졌다. 라마가 귀를 앞으로 세우고 꼬리를 곧추세

우기만 하면, 동생들이 항복의 표시로 벌렁 누워 흰 배를 보였다. 그래도 라마가 폭군처럼 구는 것은 아니었다. 라마가 바라는 것은 오로지 벤과 리비가 라이더한테 먹이를 좀 남겨 주는 것뿐이었다.

어느 날 해 질 녘에, 이제 라이더가 살아남을 수 있을 만큼 자란 것처럼 보이던 날에 제비 한 마리가 라이더의 콧잔등에 낳을 듯이 휙 지나가자, 녀석이 제비를 쫓아갔다. 그러자 눈 깜짝할 사이에 귀가 작은 올빼미 한 마리가 하늘에서 내려오더니 라이더를 낚아챘다. 블루보이가 올빼미를 쫓아 달려가 필사적으로 몸을 날려 보았지만 역부족이었다. 나는 너무 놀란 나머지 멍하니 있다가 이내 쏜살같이 올빼미를 쫓아갔다. 까치는 올빼미보다 몸집이 작으니, 올빼미를 괴롭혀서 발톱에 매달려 있는 가여운 새끼 늑대를 떨어뜨리게 하는 수밖에 없었다. 하지만 올빼미가 먼저 날아간 데다 우리 까치들만큼이나 빨라, 도저히 따라잡을 수가 없었다.

결국 나는 우울하게 사시나무로 돌아왔다. 나무 아래를 보니, 라마는 제정신이 아니었다.

"어떻게 된 거예요?"

라마가 비명을 질렀다.

레이즈가 대꾸했다.

"매가 잡아갔어."

나는 숨을 고르며 매가 아니라 올빼미였다고 알려 주었다.

그래도 레이즈가 고집했다.

"매였어. 올빼미들은 밤에만 사냥한다고."

블루보이가 뭔가 말했지만 앨버타가 애통하게 우는 소리에 잘 들리지 않았다.

"뭐라고요?"

라마가 되묻자 블루보이가 단호하게 말했다.

"매기 말이 맞아. 올빼미였다."

"아버지, 올빼미가 라이더를 돌려줄까요?"

레이즈가 콧방귀를 뀌었다.

"들소가 날게 될 때쯤이면."

들소가 뭔지도 모르는 라마는 커다란 푸른 눈으로 나를 쳐다 보며 말했다.

"금방 날게 됐으면 좋겠어요! 그 올빼미가 매기 아줌마 친구예 요?"

"세상에, 아니야."

"라이더가 이렇게 사라질 리가 없어요."

"너희 우애는 높이 사지만, 나는……."

"'우애'가 뭐예요?"

"형제 사이의 사랑."

그때 앨버타가 소리쳤다.

"들어가자!"

앨버타가 벤과 리비를 굴 안으로 몰아넣는 동안, 라마는 슬그머니 빠져나와 올빼미가 사라진 북동쪽으로 향했다. 그러자 블루보이가 곧바로 라마의 뒷덜미를 잡아끌고 와서 굴속으로 밀어 넣었다. 라마가 이내 머리를 쏙 내밀었다.

"밤마다 라이더가 내 옆에서 잤는데."

블루보이가 평소답지 않게 온화한 목소리로 말했다.

"안됐구나. 나도 형제들을 잃어 봤단다. 그렇지만 내가 했던 말을 기억하냐?"

"'세상은 위험한 곳이다.' 어쩌다가 형제들을 잃으셨어요?"

정말 대단했다. 그 슬픈 와중에도 라마는 질문을 하고 있었다.

"하나는 다른 무리한테 죽임을 당했지. 나머지 하나는……."

블루보이가 말꼬리를 흐렸다.

"나머지 하나는요?"

그때 앨버타가 라마를 굴속으로 홱 끌어당겼다. 그날 밤 늦게, 앨버타는 밖으로 나와 블루보이와 함께 더없이 구슬프게 울었다.

이튿날 아침에 라마는 어른들이 깨기 전에 굴 밖으로 기어 나왔다. 그러고는 지평선을 살펴보며 물었다.

"라이더 못 봤어요?"

내가 대답했다.

"안됐지만 라이더는 안 와."

"들소가 날게 되면요?"

라마가 희망에 찬 얼굴로 나를 쳐다보았다.

나는 깊은 한숨을 쉬었다.

"너무 괴로워할 것 없어. 너는 좋은 형이었잖아."

내 말에 라마가 그리 대단히 위로받은 것 같지는 않았지만, 사실 슬퍼할 시간도 별로 없었다. 블루보이가 일어나자마자 새끼들도 사냥하는 모습을 보러 따라오라고 명령했기 때문이다. 블루보이는 새끼들을 이렇게 빨리 집 밖으로 내보낼 생각은 없었지만, 라이더를 잊게 하고 싶은 것 같았다.

모두들 산등성이에 난 오솔길을 따라갔다. 프릭까지도 말이다. 위에서 보니, 라마가 새로운 광경에 정신없이 두리번거리고 있어 목이 괜찮을까 걱정이 될 정도였다. 아래가 훤히 내려다보이는 언덕에 이르자, 사냥꾼들은 새끼들을 프릭한테 맡겨 두고 여느 때처럼 구불구불한 길을 내려갔다. 나는 라마가 자기 이름을 따온 계곡을 보고 어떻게 반응할지 궁금해 같이 남아 있었다.

"저 털북숭이 거인은 뭐예요?"

라마가 숨이 막힌다는 듯이 놀라며 물었다.

"아메리카들소야. 들소라고도 하지."

프릭이 대답했다.

"날 수 있어요?"

라마의 희망 어린 목소리에 내가 숨이 멎을 것 같았다.

"안됐지만 못 날아."

라마는 충격을 받은 것 같았다. 하지만 볼거리가 몹시 많은 덕분에 라이더에 관한 생각도 라마의 호기심 본능을 오래 억누르지 못했다.

"작은 것들은 들소 새끼인가요?"

"송아지라고 부른단다."

"머리에 가지가 달린 동물은 뭐예요?"

"네가 가장 좋아하는 먹이지."

"와피티사슴이에요?"

"응. 가지는 뿔이라고 해."

"뿔이라. 그럼 뿔이 몇 개 없는 저 동물은요?"

"저것들은 가지뿔영양이야."

"저기 예쁜 눈을 가진 애들은요?"

"흰꼬리사슴이야. 귀가 큰 애들은 뮬사슴이고."

리비가 다가오더니 대화에 끼었다.

"어떻게 서로 안 잡아먹어요?"

"대부분 초식 동물이기 때문이지. 풀을 좋아해."

"풀을 먹는다고요?"

리비가 얼굴을 찌푸렸다.

라마가 물었다.

"저기에 코요테는 없어요?"

"저 밑에는 사냥감들이 거의 다 크잖아. 코요테들은 생쥐나 들쥐나 토끼 같은 조그만 녀석들을 사냥한단다. 늑대 새끼들도."

"늑대 새끼들이라고요?"

"기회만 온다면 언제든지."

이 놀라운 소리에 조용해진 라마는 어른들의 사냥 솜씨에 눈을 돌렸다. 그때까지 라마는 엄마, 아빠가 천천히 뛰는 것만 봤을 터였다. 라마는 껑충껑충 뛰어가는 와피티사슴을 향해 돌진하는 부모의 모습에 숨을 삼켰다. 블루보이가 송곳니를 사슴의 목에 박으며 먼저 공격을 했다.

프릭이 말했다.

"저렇게 해서 너희들 먹이가 생기는 거란다."

프릭과 나는 새끼들을 이끌고 계곡으로 내려가서 함께 진수성찬을 즐겼다.

이러한 모습이 새로운 일상이 되었다. 새끼들은 망보는 언덕 위에서 사냥 기술을 공부하다가 사냥터로 내려가 사냥꾼들과 먹이를 먹었다. 새끼들은 치고받고 놀 때도 블루보이가 사슴한테 했던 것처럼 목을 물곤 했다.

얼마 지나지 않아 라마와 리비와 벤도 사냥에 따라나섰다. 라마는 타고난 사냥꾼이었다. 하지만 아무리 아버지의 훌륭한 사냥 솜씨를 물려받았다 해도 관심은 딴 데 있는 것 같았다. 어느 날은 블루보이가 미리 라마를 세워 둔 곳으로 새끼 사슴을 몰아 갔지만, 정작 라마는 구렁이가 개구리 잡는 것을 구경하려고 강으로 내려가고 없었다. 또 어느 날에는 다들 기운 빠진 가지뿔영양을 포위하고 있을 때, 라마만 흰바위산양을 자세히 보겠다고 벼랑을 기어 올라갔다. 급기야 어느 날에는 강을 건너는 사슴 한 마리를 넋 놓고 바라보느라 가지뿔이 열네 개인 수사슴이 바로 옆을 지나가는데도 가만히 서 있었다.

블루보이는 이러한 사소한 실수들을 어린 늑대가 사냥 경험을 넓혀 가는 과정이라고 믿었을지도 모른다. 하지만 라마가 사냥을 가는 중에 옆으로 새는 습관을 두고는 어떤 이유를 찾았을까? 라마는 까불거리는 도마뱀이나 쥐만 봐도 가던 길에서 벗어났다. 실제로 가끔은 블루보이가 언제 어디로 샐지 알 수 없는 첫째를 감시하려고 맨 앞이 아닌 맨 뒤에 서기도 했다.

그러던 어느 날 라마가 아예 사냥에 나가지 않겠다고 선언하기에 이르렀다.

블루보이가 물었다.

"어디 아픈 거냐?"

"아뇨. 그냥 프릭 아저씨랑 집에 있고 싶어서요."

블루보이가 결국 라마를 사냥에서 빠지게 해 주자, 프릭은 굉장히 좋아하는 눈치였다.

하지만 다음에 또 라마가 꾀를 부리자, 이번에는 블루보이가 따라오라고 단호하게 명령했다. 며칠이 지난 아침에 또 라마는 집에 남게 해 달라고 말했다.

"먹이도 많잖아요. 저까지 갈 필요는 없을 거예요."

블루보이가 말했다.

"풍족할 때, 어린 늑대는 부족할 때를 대비해 사냥 기술을 닦아 둬야 하는 거다."

"내일은 꼭 닦을게요."

"네 동생들도 꾀를 부리지 않는데."

"제가 동생들하고 똑같이 해야 하나요?"

라마의 고집에 블루보이가 이마를 찌푸렸다. 그래도 프릭이 라마와 지내면 기분이 좋아지는 게 분명했으므로, 블루보이는 마지못해 일주일에 한두 번씩은 사냥을 쉬도록 허락해 주었다. 그런 날이면 나도 호기심이 일어서 날마다 하던 일을 접고 집에 남았다. 어쩌면 '걱정이 일어서'가 더 맞는 말일지도 몰랐다.

어느 비 오는 날 아침에 라마와 프릭은 내 사시나무 아래에서 비를 피했다. 라마가 입을 열었다.

"올빼미가 라이더를 어떻게 했을까요?"

프릭이 대답했다.

"먹었거나 새끼들한테 먹였겠지. 삶이란 게 다 살아남는 과정이란다."

"정말 그런 게 다예요?"

"거의 그렇지."

"뿔은 사슴이 살아남는 데 무슨 도움을 주나요? 뿔은 엄청 크고 이상하게 생겼잖아요. 그 위에서 벤이랑 리비가 자도 되겠어요."

"암놈들한테 잘 보이는 데 쓸걸. 짝짓기도 살아남기의 일부지. 다음 세대로 생존이 이어지니까."

"아저씨도 언젠가는 또 새끼를 낳을 거예요?"

아마도 라마는 프릭이 산불로 새끼를 잃었다는 사실을 들은 모양이었다.

"이제 아무도 나랑 짝을 지으려 하지 않을 거야."

"내가 짝 해 줄게요."

프릭이 무덤덤하게 대꾸했다.

"정말 고맙구나."

다음에 꾀를 부려 사냥에 빠졌을 때, 라마는 왜 자기 털이 점점 두꺼워지느냐고 물었다.

"겨울이 다가오잖아."

프릭이 침울하게 자신의 엉덩이 쪽을 바라보며 대답했다.

"왜 다들 아버지 코 밑에 입을 맞추나요?"

라마는 털 이야기가 프릭이 좋아하는 이야깃거리가 아님을 알아챘는지 화제를 바꿨다.

"존경심을 표시하는 거야."

"왜요?"

"음, 네 아버지가 가장 크고 힘이 세니까."

"그러면 최고가 되는 거예요?"

"거의 그렇지."

"하지만 나는 라이더보다 낮지 않았어요. 우리 아버지도 아저씨보다 나을 게 없고요."

라마는 주위를 둘러보며 덧붙였다.

"살아남는다는 게 삶의 전부도 아닌 거 같고요."

이제 왜 내가 라마를 걱정하는지 알겠는가? 라마의 눈빛은 옅은 푸른색에서 아버지처럼 노란빛으로 바뀌었지만, 그 눈은 그냥 그럭저럭 살아가는 것과는 거리가 먼 다른 무언가도 보는 듯했다. 나는 늑대들, 특히 블루보이와 함께 지냈지만, 늑대들을 날지 못하는, 영혼이 없는 존재 이상으로 생각해 본 적이 한 번도 없었는데.

처음 왔을 때 느꼈던 대로 옐로스톤에는 흥미롭고 아름다운 곳이 많았다. 가끔 사냥에 나가지 않은 날에는 라마가 프릭과 나를 졸라 옐로스톤 탐험에 나서곤 했다. 놀랍게도 프릭과 라마 둘 다 새한테 관심이 많았다. 나는 프릭과 라마한테 사브리나와 오듀본을 소개해 주기도 하고 새로운 새 종류에 대해 알려 주기도 했다. 그러다 산파랑새를 봤을 때, 나는 가슴이 조이는 것 같았다. 트릴비는 아니었지만 이 녀석도 트릴비만큼 눈부시게 아름다워서, 라마도 입을 길게 떡 벌렸다. 이건 몇몇이 생각하는 것처럼 늑대들이 색맹이 아니라는 증거이기도 했다. 나는 딱 한 번 라마의 새들 목록에 넣을 이름을 말해 주지 못했는데, 내가 말문이 막혀 입을 열지 못하자 프릭이 대신 말했다.

"저건 까마귀란다."

라마는 진흙이 끓어오르는 웅덩이와 화석이 된 숲과 유황 온천에도 관심을 보였다. 그리고 거품이 뽀글거리는 온천 지역을 우연히 발견했을 때는 미친 듯이 좋아했다. 하지만 프릭이 온천 냄새를 좋아하지 않아서 오래 머물지는 못했다.

어느 날 멀리서 어마어마하게 높은 물기둥을 본 라마가 가까이 가서 보자고 졸랐다.

라마가 물기둥 바로 위에 있는 언덕에 멈춰 서서 외쳤다.

"저게 뭐예요?"

나는 산쑥 위에 앉아 오듀본이 알려 준 대로 간헐천*이라고 말해 주었다.

"그걸 빙 둘러싼 것들은요?"

"사람들이야."

프릭이 대답했다. 사람들이 간헐천 주위를 에워싸고 있었다.

---

*화산 활동이 있는 곳에서 일정한 간격을 두고 뜨거운 물이나 수증기를 주기적으로 분출하는 온천.

"사람들은 털 색깔이 정말 여러 가지네요!"

라마의 말에 내가 대꾸했다.

"사람들은 저걸 옷이라고 한단다. 저 가여운 동물들한테는 털이나 깃털이 없어."

그러자 프릭이 자신의 헐벗은 엉덩이 쪽을 가만히 바라보면서 중얼거렸다.

"옷이라."

라마가 물었다.

"사람들은 다리가 두 개밖에 없어요?"

나는 다리가 두 개만 있어도 아무 문제가 없다고 말해 주었다.

"사람들은 날개도 없잖아요. 그리고 왜 사람들은 우리를 못 알아채죠? 우리가 바람 부는 쪽에 서 있는데?"

프릭이 대답했다.

"사람들은 별로 똑똑하지 않아."

내가 거들었다.

"사람들이 먹이를 얼마나 많이 버리는지 알면 아마 놀라 자빠질걸."

프릭이 생각에 잠긴 듯이 말했다.

"아무리 그래도 우리를 그 먼 캐나다에서 여기까지 데려온 것도 사람들이야."

그러자 내가 말했다.

"사람들이 너희들을 가뒀던 곳에 가 봤어. 우리 한번 가 볼래?"

프릭이 몸서리치며 말했다.

"아니, 됐어."

간헐천을 구경하고 며칠 뒤에 라마는 배가 노란 딱따구리를 발견했다. 내가 딱따구리는 푸른어치만큼이나 머리가 비었다고 말하려는데, 벌써 라마는 녀석을 쫓아 햇빛이 드문드문 비치는 소나무 숲으로 사라져 버렸다. 프릭과 나는 라마를 뒤쫓아 갔다. 우리가 따라잡았을 무렵에는, 라마는 이미 딱따구리가 안중에도 없었다.

라마가 소리쳤다.

"해가 떠 있는데 천둥이 쳐요!"

프릭이 소나무 중 하나에서 냄새를 맡으며 말했다.

"돌아가야겠어. 여기에서 영역 표시 냄새가 나."

라마는 멈추지 않고 계속 나아갔다. 프릭이 허둥지둥 라마의 뒤를 쫓으면서 다른 무리의 영역을 침범하는 것은 위험하다고 외쳤지만, 라마는 입을 쩍 벌린 깊은 골짜기에 이르러서야 겨우 멈추었다.

라마가 외쳤다.

"이게 뭐예요?"

"협곡이라고 하는 거 같아. 이제 가자."

"저건 뭐예요?"

라마는 협곡에서 천둥소리를 내는 곳을 쳐다보았다. 로지폴 소나무 다섯 그루를 쌓아 올린 것보다 더 높은 벼랑 꼭대기에서 강물이 떨어졌다.

"저건 폭포라고……."

그때 내가 소리를 꽥 질렀다. 늑대 네 마리가 협곡을 따라 우리를 향해 달려왔다. 프릭과 라마는 도망쳤다. 둘은 추격자들보다 먼저 숲을 벗어났지만, 언덕을 오르기 시작하자 프릭의 뒷다리가 풀리기 시작했다.

프릭이 헉헉거리며 말했다.

"속도 늦추지 마!"

당연히 라마는 속도를 늦추었다. 라마는 프릭 바로 옆에 붙어서 달렸다. 마침내 언덕 꼭대기에 이르렀는데, 프릭이 발을 헛디뎌서 마른 강바닥으로 주르륵 미끄러져 떨어졌다. 추격자들이 둘을 향해 돌진해 오는 동안, 라마는 프릭을 끌고서 손바닥선인장들 사이로 들어갔다. 내가 가슴이 터져라 소리를 질러 추격자들을 공격하자, 늑대들이 선인장밭 바로 앞에서 멈춰 섰다. 솔직히 말해 나도 놀랄 일이었다.

프릭은 녹초가 되어 누워 있었다. 라마는 싸울 태세를 갖췄다. 추격하던 늑대 네 마리는 앞다리를 뻗고 송곳니를 드러낸 채 컹컹 짖어 대긴 했지만 공격은 하지 않았다. 나는 조심해서 선인장

위에 앉아 또 한 번 날카롭게 소리를 질렀다.

한숨 돌린 프릭은 몸을 일으켜 강바닥을 따라 천천히 걸어갔다. 라마는 잠시 동안 다른 늑대들한테서 눈을 떼지 않다가 몸을 돌려 총총거리며 프릭을 따라갔다. 나는 우쭐한 마음으로 늑대 네 마리를 마지막으로 쏘아보고는 친구들을 쫓아 날아갔다. 강바닥, 아니 물이 마른 골짜기 바닥은 구불구불 굽어 있었다. 우리는 한참을 더 간 뒤에야 쉬려고 걸음을 멈추었다.

라마가 입을 열었다.

"고마워요, 매기 아줌마."

내가 겸손하게 대답했다.

"아무것도 아닌데, 뭐."

"우리 목숨을 구했는데 아무것도 아니라고요?"

프릭이 거들었다.

"매기, 너는 정말 용감한 새야. 그렇지만 블루보이 덕분이기도 해."

라마와 나는 주위를 둘러보았다. 근처에 블루보이의 모습은 없었다.

프릭이 설명했다.

"블루보이가 선인장 몇 개에다 냄새를 남겨 놓은 거야. 그 늑대들이 영역 표시 냄새를 맡은 거지."

"그래서 그 늑대들이 더 이상 오지 않은 건가요?"

"그 녀석들은 예전에 슬루 샛강에 살던 무리야. 블루보이가 자기들 대장한테 어떻게 했는지 다 봤겠지."

"아버지가 어떻게 했는데요?"

"나도 실제로 보지는 못했어. 내 생각에 너는 봤을 것 같은데. 안 그래, 매기?"

"그냥 빨리 끝났다고 해 두자."

나는 풀이 죽어 대답했다.

잠깐 동안이지만 내가 정말 대단한 존재인 줄 알았는데.

11

또다시 겨울이 찾아오자, 관광객들과 추위에 약한 새들이 공원에서 사라졌다. 하지만 라마한테는 얼어서 솟아오른 땅이나 물결 모양으로 얼어 있는 호수나 코끝이 아프도록 시린 공기가 신기할 따름이었다. 라마는 살집도 꽤 올라서 크기도 레이즈만 해졌고, 털도 멋지게 두툼해졌다. 밤에 웅크리고 잘 때 코가 시리면, 그저 꼬리로 덮으면 그만이었다. 라마는 동생들과 순서를 정해서 털이 없는 프릭의 엉덩이 쪽에서 교대로 잠을 잤다.

사냥에 빠진 어느 날, 라마는 프릭을 구슬려 다시 온천 지역으로 데려갔다. 그곳이 프릭의 몸을 따뜻하게 해 줄 거라고 확신했기 때문이다. 얼음처럼 차가운 날씨에도 온천 지역은 마치 거대한 증기 목욕탕 같았는데, 프릭은 좀처럼 수증기 속으로 들어가려 하지 않았다.

라마가 말했다.

"어서요, 냄새도 별로 나쁘지 않잖아요."

"너나 어서 가렴."

어쩌면 프릭은 강한 열기가 고통스러운 기억을 불러일으킬까 봐 싫었을지도 모른다. 나는 라마를 따라 수증기 안으로 들어갔는데, 비록 몰골은 흉해졌어도 기분은 좋았다. 나무 그루터기나 바위, 덤불 들이 바로 앞까지 다가가기 전까지는 모두 뿌옇게 보였다. 추위를 피해 온 것이 우리만이 아니었다. 라마는 하마터면 땅다람쥐를 밟을 뻔했고, 검은꼬리사슴도 놀라게 했다. 땅다람쥐는 라마를 보고는 쏜살같이 도망쳤다. 그러다 한바탕 바람이 불어 잠깐 수증기가 깨끗하게 걷히자, 우리 앞에 코요테 한 쌍이 있었다.

"이상하게 생긴 작은 늑대들이 있네."

그러고는 내가 이름을 고쳐 주기도 전에 라마가 소리쳤다.

"안녕!"

코요테들은 비명을 질렀다. 한 마리가 재빨리 왼쪽으로 튀더니 수증기 속으로 사라졌다. 나머지 한 마리는 오른쪽으로 튀더니 마치 프레리도그가 구멍으로 쏙 들어간 것처럼 완전히 사라졌다.

"겁주려는 생각은 없었어."

라마가 사과하는 동안 수증기가 다시 우리를 감쌌다.

아무 대답이 없었다. 라마가 더듬더듬 오른쪽으로 나아가자 보글보글 끓어오르는 웅덩이가 나왔다. 라마가 고개를 숙이더니 깜짝 놀라 입을 딱 벌렸다. 털이 북슬북슬한 것이 물 위에 떠 있었다. 라마는 그것을 잡으려다가 비명을 지르며 발을 뒤로 뺐다. 코요테 한 마리가 끓는 물에 들어갔다가 그대로 죽은 것이었다!

라마는 겁에 질린 채 마치 꿈에서처럼 어지럽게 장면이 바뀌는 수증기 속을 빠져나갔다. 나는 라마를 바짝 뒤쫓았다. 우리가 수증기 속에서 나오자, 프릭이 일어섰다.

프릭이 즐거워하며 말했다.

"겁주기 놀이를 했구나. 사슴이 튀어나오는 모습을 봤어야 했는데. 참 코요테도. 너를 보고 엄청 놀랐나 봐."

프릭은 라마의 안색이 좋지 않은 것을 보고는 잠시 멈췄다가 말했다.

"수증기 때문에 어디 안 좋으냐?"

"코요테였다고요?"

"젊은 암컷이던데."

"코요테였다고요? 오오, 아저씨. 내가 코요테를 죽인 거 같아요!"

"코요테는 맛이 어떻더냐? 아직 못 먹어 봤는데."

"먹지 않았어요!"

라마가 이리저리 서성이는 동안 추운 날씨 탓에 젖은 털에서 김이 났다.

"죽이려던 게 아니었어요. 나는 그냥 어린 늑대인 줄 알았는데. 그 코요테가 끓는 웅덩이로 뛰어든 거예요."

라마는 어쩔 줄을 몰라 하며 다시 수증기 속으로 뛰어들었다.

나도 따라갔다. 하지만 그 운 없는 코요테가 죽었다는 사실에는 변함이 없었다. 라마는 맥이 탁 풀렸다. 코요테의 울음소리는 라마가 처음으로 좋아한 것 중 하나였다. 그런데 자신이 코요테를 죽음으로 몰고 간 장본인이라니. 집으로 가는 길에 프릭은 이 일로 후회하는 말을 블루보이나 다른 늑대들한테 하면 안 된다고 충고했다. 코요테의 죽음을 슬퍼하는 일은 그다지 늑대답지 않기 때문이었다.

그날 밤은 벤이 프릭을 따뜻하게 해 줄 차례여서, 라마는 리비 옆에 웅크리고 누웠다. 그런데 내가 막 잠이 들려고 할 때, 라마가 일어나서 언덕을 넘어가는 것이 보였다. 나는 조용히 날아 라마 옆에 서 있는 어린 포플러 나무에 내려앉았다. 남쪽으로 숨막힐 듯 아름다운 광경이 펼쳐져 있었다. 거의 꽉 찬 달빛 아래로 옐로스톤 호수 위에는 바람이 휘저어 만들어 놓은 흰 파도 같은 눈 언덕이 겹겹이 이어져 뾰족뾰족하고 거대한 봉우리들을 향해 달려가고 있었다. 그때 남동쪽에서 들려오는 아름답고 슬픈 코요테의 울음소리가 정적을 깼다. 라마가 대답하듯이 울었다. 내 생각에 그것이 라마의 첫 울음소리였는데, 그렇게 회한에 찬 울음소리는 난생처음이었다. 하지만 라마한테 돌아온 대답은 침묵뿐이었다.

이튿날 밤에는 라마가 프릭을 따뜻하게 해 줄 차례였다. 그다음 날, 내가 사시나무에서 자고 있을 때 누군가 나를 불렀다. 어깻죽지 날개에서 고개를 들어 보니 라마가 나를 올려다보고 있었다.

"부탁 좀 들어줄래요, 매기 아줌마?"

"뭔데?"

"저 코요테가 어디에 있는지 알려 주세요."

코요테가 우는 소리가 들렸다. 전에 말했듯이 나는 밤에 나는 것을 썩 좋아하지 않는 데다, 블루보이가 이런 일을 좋아할 리가 없다는 생각이 들었다. 하지만 블루보이는 앨버타 옆에 웅크려 잠들어 있었고, 나를 올려다보는 라마의 눈은 너무나 애처로웠다.

그날은 달빛이 아주 밝아서 날아가는 내 그림자가 눈 덮인 풍경에 드리울 정도였다. 나는 몇 킬로미터 떨어져 있는 바위 언덕에서 별 어려움 없이 코요테를 찾을 수 있었다. 코요테는 꼭대기에 있는 좁은 바위 끝에 앉아 애처로운 마음을 토해 냈다.

사시나무로 돌아가자, 라마가 꼼짝 않고 기다리고 있었다. 나는 바위 언덕을 알려 주었다. 물론 라마가 다가가면 그 코요테가 도망갈 거라는 사실도 말이다.

"그래도 내가 한 짓을 사과해야만 해요. 어떻게 하죠?"

나는 잠깐 생각하다 대답했다.

"대부분 동물들은 선물에 약하단다."

라마는 프릭이 코요테의 먹이에 대해 한 말을 기억하고 있었던 것 같다. 다음번에 눈이 내리고 나자 발자국을 쫓아가서 털이 눈처럼 흰 족제비를 잡았기 때문이다. 먹음직스럽게 통통한 들쥐도 잡았다. 라마는 선물을 입에 물고 동이 트기 전에 남동쪽으로 향했다. 바위 언덕에 코요테는 보이지 않았지만, 라마는 꼭대기 밑에 뚫린 야트막한 굴속에다 먹잇감을 놔두었다. 이틀이 지난 아침에는 뒤쥐 한 마리와 생쥐 두 마리를 가지고 갔다. 지난번 선물은 사라지고 없었다. 선물을 코요테가 가져갔는지 아니면 다른 녀석이 가져갔는지 알 도리는 없었지만, 라마는 이 수고를 3주 동안 반복했고, 그럴 때마다 다른 늑대들이 깨기 전에 집으로 돌아왔다. 블루보이의 영역은 워낙 확실해서 밤에 보초를 설 필요가 없었는데, 어느 날 아침 우리가 집으로 돌아왔을 때, 멀리서 퓨마가 으르렁거리는 소리에 깬 블루보이가 일어나 있었다.

블루보이가 눈을 가늘게 뜨며 물었다.

"어디 갔다 오는 거냐?"

라마가 대답했다.

"잠이 안 와서요. 좀 걷다 왔어요."

내가 사시나무에 앉자 블루보이가 물었다.

"너는?"

"날개 좀 풀려고 나갔다 왔지, 뭐."

라마도 나도 딱히 거짓말을 한 것은 아니었다. 라마도 잠을 이룰 수가 없어서 걸어갔다 왔고, 나도 라마를 따라 바위 언덕까지 가느라 날개를 푼 셈이니까. 하지만 약간의 거짓이 마음에 걸렸다. 늑대들과 운명을 함께한 뒤로, 내가 가장 믿고 의지하는 늑대는 블루보이였으니 말이다.

그날 늦게, 다른 늑대들이 사냥을 끝내고 낮잠을 자는 동안, 라마는 어렵사리 토끼 한 마리를 잡아서 눈 더미 속에 묻어 두었다. 그날은 라마가 너무 지친 나머지 다음 날 해가 뜨고도 한참이 지날 때까지 잠을 잤지만, 그다음 날 밤에는 다시 바위 언덕으로 갔다. 라마는 좀처럼 잊을 수 없는 그 울음소리가 다시 들리자, 대답하듯 울어 주었다. 이번에는 한참의 침묵 끝에 코요테가 다시 울기 시작했다.

라마는 토끼를 묻어 둔 곳으로 달려가서 돌처럼 딱딱해진 토끼를 꺼내 언덕으로 물고 왔다. 그러고는 선물을 동굴 안에 넣어 놓고 약간 뒤로 물러났다. 달빛이 라마 주변에 쌓여 있던 눈을 비추다가 이윽고 구름에 가려졌다.

그러자 어둠 속에서 아름다운 목소리가 들렸다.

"나를 꾀어내서 죽이려고 하니?"

"아냐! 정말 아냐!"

"그럼 왜 나한테 먹이를 갖다 주니?"

달빛이 없는 탓에 라마의 형체는 알아봤다 해도 온천에서 얼핏 보았던 늑대인지는 모르는 것 같았다. 괜히 사실대로 말했다가 아름다운 목소리가 쌀쌀맞게 바뀌면 어쩌나 걱정하는 라마의 마음을 이해할 수 있었다.

"네 울음소리가 너무 슬프게 들려서."

라마가 한 말은 이게 다였다.

"나를 죽이려고 온 게 아니라면, 증명해 볼래?"

"어떻게?"

"떠나 줘."

라마는 그 자리를 떠났다.

이틀 밤이 지난 뒤에 라마는 다른 선물을 가지고 바위 언덕으로 다시 갔다. 족제비처럼 생겼지만 꼬리가 더 북슬북슬한 놈이었다. 라마는 녀석을 동굴 안에 놓고 다시 조금 떨어져서 기다렸다. 구름 한 점 없는 날이어서 코요테가 바위 꼭대기에 모습을 드러내자 금빛 털과 우아한 코와 반짝이는 눈이 또렷이 보였다.

"담비를 좋아하면 좋겠다."

"먹이를 가져다줘서 고맙다고 해야겠네."

코요테는 자신의 요새에서 내려올 기미는 보이지 않은 채 말을 이었다.

"요즘 썩 사냥할 기분이 아니었거든."

"보통 어디에서 사냥하는데?"

"이맘때 카일은 온천에서 사냥하는 것을 정말 좋아했는데. 온천에 가 본 적 있니?"

"온천이라고?"

라마가 어색하게 대답했다.

"가면, 너무 오래 머물지 않도록 조심해. 웅덩이에서 머리를 멍하게 하는 가스가 뿜어져 나오거든. 언젠가는 들소가 무릎을 꿇고 넘어져 있는 것도 봤어. 카일은 가스 때문에 죽은 척하고 시체처럼 누워 있는 것도 좋아했는데. 한번은 다가와서 냄새를 맡아 보는 오소리를 잡은 적도 있었지."

"아주 똑똑하네. 그런데 카일이……."

"내 짝이었어. 그런데 죽었어."

"정말 안됐다."

조금 있다가 라마가 이름을 물었지만, 코요테는 대답하지 않았다.

"나는 라마야. 다른 무리는 어디에 있니?"

"카일과 나는 무리를 지어 다니지 않아."

코요테는 이렇게 말하고 사라졌다.

라마는 집으로 돌아오자 내 사시나무 아래에 푹 쓰러졌다.

그러고는 고통에 찬 목소리로 말했다.

"오오, 매기 아줌마. 무리가 없대요. 나 때문에 외롭게 혼자가 된 거예요. 아무도 없대요!"

나는 입 밖에 내지는 않았지만, 어떤 면에서 보면 그 코요테한테는 이제 라마가 생겼다는 생각이 들었다.

이틀 뒤 밤에는 라마가 들쥐를 가져갔다. 라마가 여느 때처럼 뒤로 물러나자, 이내 코요테가 바위 꼭대기에 나타났다.

"내 이름은 아르테미스야."

아르테미스라니! 우리 엄마, 아빠는 상상조차 못했던 멋진 이름이었다. 라마가 큰 소리로 이름을 되뇌었다. 그 이름에 반한 게 틀림없었다.

아르테미스가 고개를 갸우뚱하며 말했다.

"너는 좀 이상한 늑대 같아."

"프릭 아저씨도 내가 가끔 늑대답지 못하다고 해."

"네 삼촌이니?"

"그냥 우리 아빠 무리 중에 하나야."

"무리가 네 아빠 거야?"

"우리 아빠가 가장 높아."

라마가 고개를 살짝 쳐들었다. 그러고는 말을 이었다.

"프릭 아저씨는…… 맨 꼴찌인 거 같아."

"너희는 계급이 있단 말이네?"

그 말에 라마가 당황한 표정을 지었다.

내가 알려 주었다.

"늑대들 사이에 순서가 있냐는 뜻이야."

"아아! 너희들은 계급이 없어, 아르테미스?"

"코요테들은 그런 거 좋다고 생각 안 해. 우리는 짝을 지어 다니기만 하지."

이튿날 아침, 호프가 라마한테 사냥할 때 자기 앞에 서는 게 어떠냐고 하자, 라마는 고개를 내저었다.

호프가 말했다.

"때가 됐어. 너는 나보다 훨씬 크고 힘도 세잖아."

블루보이도 거들었다.

"호프 말이 맞다."

하지만 라마는 호프 앞에 서지 않겠다고 고집을 부렸다. 계급에 대해 아르테미스가 한 말이 영향을 주었음이 틀림없었다.

그날 밤 내가 라마를 따라 남쪽으로 갔을 때, 아르테미스의 울음소리가 조금 덜 슬프게 들렸다. 우리가 6월에 처음 들었던 노랫소리에 가까웠다. 라마가 대답하듯 막 울려고 하는데, 눈을 밟는 뽀드득거리는 소리가 났다.

"내가 방해가 안 되었길 바라."

프릭이 나를 흘끗 보면서 라마 곁에 앉으며 말을 이었다.

"저거 코요테 소리 아냐?"

"그래요?"

"보통 때만큼 날카롭지는 않지만 그런 거 같구나. 저 코요테가 어디에 사는지는 모르지?"

라마는 망설이다가 알고 있다고 대답했다.

"아버지한테는 말하지 말아 주세요."

"너와 나와 매기만 아는 걸로 해 둘게. 이름은 아니?"

"아르테미스예요. 온천에서 도망쳤던 그 코요테예요. 제가 아르테미스의 짝을 죽였죠."

"아아!"

프릭이 멀리서 들려오는 울음소리를 듣고 있다가 다시 입을 열었다.

"사과는 했니?"

라마가 고개를 가로저었다.

"사과하는 게 뭐가 중요하겠니. 어차피 늑대와 코요테는 어울릴 일도 없는데."

이틀 밤이 지난 뒤에 라마는 아르테미스한테 또 들쥐를 가져 갔다. 아르테미스가 바위 꼭대기에 나타나자, 라마는 늑대와 코요테가 서로 어울리지 않는 게 맞다고 생각하느냐고 물었다.

"당연하지."

"왜 당연해?"

"자연의 법칙이야."

"우리는 친구가 될 수 없는 거야?"

"나더러 늑대랑 친구가 되라는 거니?"

"음, 나랑. 비록……."

"비록 뭐?"

라마는 한동안 발밑의 눈만 뚫어져라 보다가 불쑥 말했다.

"뜻하지 않게 온천에서 너랑 카일을 놀라게 한 게 바로 나야. 정말 미안해."

라마는 사과하는 것이 중요하다고 판단한 모양이었다. 아니, 어쩌면 거짓말하며 사는 것이 라마를 괴롭혔을지도 모른다. 하지만 라마가 고개를 들자 아르테미스는 사라지고 없었다.

이튿날 밤에 라마는 아르테미스의 울음에 답했지만, 아르테미스는 대답하지 않았다. 이틀 뒤 밤에 라마는 뒤쥐를 가져가 새벽이 될 때까지 기다렸지만, 아르테미스는 바위 꼭대기에 나타나지 않았다. 밤마다 라마는 선물을 가지고 가서 아르테미스가 나타나길 기다렸다. 하지만 늘 다른 동물들, 즉, 독수리나 오소리나 레이븐*이 먹이를 가져갔다.

마침내 라마는 사흘 내내 아르테미스한테 가지 않았다. 그러더니 프릭 곁을 지킬 당번이 아닌 날 밤에 다른 늑대들 곁을 떠나 내 사시나무 아래로 와서 털썩 주저앉았다.

---

*참새목 까마귓과의 대형 조류. 몸길이 약 64cm로 몸 빛깔은 검은색이다.

"바위 언덕에는 이제 안 가는 거야?"

라마가 쓸쓸하게 대답했다.

"아르테미스한테 폐를 끼치는 거잖아요. 내가 가면, 아르테미스는 거기서 떠나 있어야 해요. 거기가 자기 집인데."

나뭇잎이 다 떨어진 사시나무가 가볍게 흔들렸지만 이내 그 바람조차 잦아들었다. 라마는 귀를 쫑긋 세운 채 먼 곳을 바라보았다. 눈에 감싸인 정적 속에서 라마의 한숨이 새어 나왔다.

그 조용한 한숨에 가슴이 아파 오자 나는 그런 내 모습이 당황스러웠다.

12

이 늑대와 나는 닮은 점이, 진짜로 어떤 공통점이 있는 것 같 았다. 당황스러웠다. 블루보이의 용맹함과 힘은 존경스럽고 프 릭의 폭넓은 지식은 놀랍다고 생각했지만, 날개 없는 동물과 이 렇게 동질감을 느끼리라고는 상상해 본 적도 없었다. 그런데 코 요테를 그리워하는 이 어린 늑대의 모습 어딘가가 젊었을 때 나 를 상기시켰다. 사실 라마의 처지가 나보다 더 비참하긴 했다. 나는 내 짝이 싫어져서 떠난 것뿐인데, 라마는 뜻하지 않게 아르 테미스의 짝까지 죽였으니 말이다.

라마가 짝사랑으로 괴로워하고 있을 때, 라마의 부모는 한 쌍 의 원앙 같았다. 심지어 사냥감을 쫓을 때도 블루보이는 앨버타 곁을 떠나는 법이 없었다. 어느 날 둘은 우리가 사는 비탈에서

술래잡기 놀이를 했다. 앨버타가 주로 '술래'였는데, 앨버타는
블루보이를 잡으면 침을 흠뻑 발라 주곤 했다.

"짝짓기 계절이야."

프릭이 루파를 애틋하게 바라보며 설명해 주었다.

레이즈도 루파를 보았는데, 애틋하기보다는 도발적인 눈빛이
었다. 루파는 모르는 척했지만 잠깐 동안 레이즈와 눈을 마주치
기도 했다.

레이즈는 루파와 가까운 곳으로 잠자리를 옮겼다. 어느 날 밤
에는 레이즈가 너무 가깝게 다가가는 바람에 꼬리가 서로 닿게
되었다. 그러자 루파가 자신의 꼬리를 뒤로 뺐다. 한밤중이 되자
레이즈가 루파를 껴안으러 했다. 루파가 몸을 비틀어 뺐다. 레이
즈는 루파를 쿡 찌르더니 자고 있는 다른 늑대들을 피해 비탈길
을 내려왔다. 잠깐 동안 루파는 움직이지 않다가 결국에는 일어
나 눈을 털더니 어슬렁대며 레이즈가 있는 곳으로 내려왔다. 그
곳은 내 사시나무와 아주 가까운 곳이었지만, 둘은 내가 안중에
없는 모양이었다. 둘한테는 내가 있으나 마나 한 존재였다.

레이즈가 낮은 목소리로 말했다.

"내가 좋지 않아?"

"우두머리만 짝짓기를 할 수 있어."

"나는 다르게 들었는데."

"그때는 무리라고도 할 수 없는 떠돌이였으니까."

"그럼 이 무리를 떠나서 새 무리를 만들면 어떨까?"

"우리 단둘이서? 절대 성공 못 할 거야."

루파는 비탈길을 되올라갔다. 엉덩이를 살랑살랑 흔드는 것을 잊지 않고 말이다. 루파가 눈 위에 자리를 잡고 눕자, 레이즈의 눈길이 리비와 벤한테로 옮겨 갔다. 라마가 프릭을 따뜻하게 해 줄 차례여서 리비와 벤은 함께 웅크려 잤다.

레이즈는 리비와 벤을 꾀어 자신의 새로운 무리에 넣으려고 생각하는 것 같았는데, 리비한테는 영영 말할 기회가 없어졌다. 3월 초에 기온이 영상으로 오른 어느 날 리비가 라마강을 건너다가 얼음 속에 빠져 버린 것이다. 라이더 때보다 더 순식간에 일어난 일이었다. 조금 전까지 있던 리비가 눈 깜짝할 새에 영원히 사라졌다.

모두가, 특히 리비의 엄마가 충격에 빠졌다. 그래도 앨버타한테는 슬픔에서 눈을 돌릴 일이 있었다. 곧 새로운 새끼들이 태어날 예정이었으니까. 하지만 벤은 정말로 어찌할 바를 몰랐다. 나는 워낙 라마한테 정신이 팔려 있어서 다른 새끼들한테는 신경을 쓰지 못했지만, 누구도 벤과 리비가 얼마나 친하게 지냈는지 모를 수는 없었다. 이제 벤은 놀아 줄 상대도, 싸움을 연습할 상대도 없었다. 라마가 싸움 상대가 되어 주겠다고 하자, 벤은 불공평한 시합이라며 투덜거렸다. 라마가 너무 컸기 때문이다. 호프가 정성을 다해 벤을 돌보았지만, 호프한테도 비극이 찾아오고야 말았다. 일시적으로 날이 따뜻했던 것은 날씨의 변덕에 지나지 않아 다시 기온이 뚝 떨어지고 모든 것이 얼어붙은 어느 날 아침이었다. 호프가 망보는 언덕에서 사냥감을 살펴보고 내려가다 발을 헛디뎌 바닥까지 미끄러지다 그만 쓰러진 나무에서 위로 솟은 가지에 몸을 찔리고 만 것이다. 다른 늑대들은 한참 앞서갔던 터라, 뒤따르던 라마와 벤이 달려 내려가 호프를 일으켜 세웠다. 찔린 상처가 심장에 가까웠다.

나는 프릭이 어린 호프를 살렸던 일을 생각하며 외쳤다.

"프릭한테 데리고 가."

벤의 도움으로 라마는 호프를 등에 싣고 집으로 갔다. 호프가 어찌나 가쁘게 숨을 몰아쉬던지 내심 호프가 숨을 멈추는 게 아닌지 걱정했는데, 라마가 굴 근처 눈 위에 조심스럽게 내려놓자 호프가 숨을 헐떡이며 말했다.

"너는 막내 업어 주는 데…… 도사로구나."

프릭은 라마가 사냥을 나가는 날이면 언제나 그랬듯이 자고 있었지만, 호프가 심하게 다친 것을 보고는 완전히 돌변했다. 프릭은 숲으로 쏜살같이 뛰어갔다. 그렇게 빨리 움직이는 모습은 처음 보는 것 같았다. 프릭은 뛰어 돌아와서는 호프 옆에 미끄러지듯 무릎을 꿇고 앉더니 입맞춤을 하듯이 호프 입에서 오래도록 입을 떼지 않았다.

그러다 프릭이 입을 떼면서 말했다.

"씹어라."

호프는 프릭 말대로 했다. 찢어진 나뭇잎 같은 것이 입 밖으로 흘러나왔다. 프릭이 숲속에 묻어 두었던 약초를 파 갖고 와서 입에 넣어 준 모양이었다.

프릭은 호프가 위험한 고비를 넘길 수 있도록 돌봐 주었다. 호프가 움직일 수 없어서 사냥꾼이 하나 더 준 데다 사냥감도 점점 줄어들었으므로 라마가 사냥을 쉴 수 있는 날이 없어졌다. 라마는 프릭을 따뜻하게 해 주는 당번도 쉬지 않았다. 그러자 레이즈가 갑자기 벤을, 이런 표현을 늑대한테 써도 되는지 모르겠지만, 자기 날개 아래에 두고 보호하기 시작했고, 그게 고마웠던지 어린 늑대는 새로운 버팀목 옆에 꼭 붙어 잠을 잤다.

상황이 어려워지자, 늑대들은 예전처럼 밤에 사냥을 나가기 시작했다. 나는 밤에 나가는 게 싫어도 함께 사냥을 다녔는데, 밤 사냥도 아침 사냥만큼이나 운이 따르지 않자, 다행스럽게도 늑대들이 다시 아침에 사냥하기 시작했다.

호프는 다시 일어설 수 있게 되자 맨 먼저 라마한테 프릭을 따뜻하게 해 주는 당번을 자신이 도맡겠다고 했다.

"사실, 나도 몸을 따뜻하게 해야 하거든."

호프가 수줍게 눈을 돌리며 덧붙였다.

"마저 회복하려면 말이야."

1월만큼이나 추운 4월이 가는 동안, 호프와 프릭이 어찌나 가까이 얽혀 자는지 마치 한 마리인 것 같았다. 라마는 밤에 다시 자유롭게 언덕을 넘어가서 아르테미스의 울음소리에 귀를 기울였다. 하지만 다른 늑대들 울음소리와 이상한 코요테 울음소리는 들려도, 노래 같은 아르테미스의 울음소리는 들리지 않았다.

라마는 다음 보름날 밤에 희망을 걸었다. 그리고 마침내 찾아온 그 보름날 밤이 어찌나 맑고 아름답던지, 라마 곁의 어린 포플러 나무에 앉아 있던 나는 늑대처럼 울고 싶을 지경이었다. 하지만 아르테미스는 울지 않았다.

라마가 걱정스럽게 물었다.

"무슨 일일까요, 매기 아줌마?"

내 생각에는 아르테미스가 죽었거나 새로운 짝을 찾았거나 둘 중에 하나였지만 라마한테 말할 용기가 나지 않았다.

"어쩌면 후두염에 걸렸을지도 몰라."

이 말에 라마는 힘을 내는 것 같았지만, 잠시뿐이었다.

"그래도 이렇게 오랫동안 앓을 리가 없잖아요."

나는 라마의 우울한 얼굴을 보는 게 견딜 수가 없어서 불안한 마음을 잠시 접어 두고 밤하늘 속으로 날아갔다. 달이 밝아 앞이 훤히 보였다. 나는 바위 언덕에 이르러 주변을 두루 둘러보다가 눈 쌓인 가지 아래에 혼자 웅크리고 누워 있는 아르테미스를 발견했다.

나는 쌩하니 라마한테 날아가서 아르테미스가 겨울잠을 자듯이 자고 있다고 알려 주었다.

"오오, 정말 고마워요."

라마가 소리 지르듯 말했다.

이튿날 아침에 루파가 호프를 따로 불렀다.

"호프, 너는 정말 착한 것 같구나."

"고마워요."

"하지만 너무 착해도 탈이야. 프릭의 간호 덕에 다시 건강을 찾게 된 건 나도 알아. 단지 감사하는 마음을 전하고 싶다면, 프릭의 수다를 들어 주는 것만으로 충분해. 약하고 멋진 털이 없다고 해서 저런 괴물과 바싹 달라붙어 지낼 필요는 없어."

"프릭이 괴물 같다고 생각해 본 적은 없어요. 하지만 둘이 전에 짝이었다는 건 알고 있어요. 그래서 기분이 나쁘다면……."

"세상에, 아니야!"

루파가 꽥 소리를 질렀다.

그날 밤에 호프와 프릭이 바싹 붙어 있을 때, 루파는 곁눈질로 레이즈를 바라보았다. 레이즈는 못 본 척했다. 레이즈는 그다음 날 밤에도 못 본 척했다. 레이즈는 전에 루파한테 거절당한 것 때문에 자존심에 상처를 입었는지 일부러 냉정하게 구는 것 같았다.

4월 중순이 되자 날마다 쉴 새 없이 눈이 내렸다. 사냥은 불가

능했다. 나는 눈보라를 뚫고서 사람들이 겨울에도 찾는 '올드 페이스풀 스노 산장' 뒤편 쓰레기장에 두세 번 갔다 왔다. 늑대들은 빈둥거리며 힘을 아꼈는데, 어느 날 오후에는 갑자기 다들 벌떡 일어나더니 경계하듯이 코털을 떨었다. 조금 뒤에 내 사시나무가 흔들렸다. 사실, 모든 게 흔들렸다. 로지폴 소나무와 눈 덮인 땅마저도.

라마가 입을 열었다.

"무슨 일이에요?"

"지진이야."

프릭이 대답했다.

작은 지진이 두 번 더 있있다. 얼마 뒤 늑대들은 다시 조용해졌고, 눈은 변함없이 계속 내렸다. 앨버타를 빼고는 다들 날이 갈수록 야위어 갔다.

마침내 맑게 갠 아침이 찾아왔을 때, 앨버타는 너무 배가 불러 사냥에 나갈 수 없어 프릭과 집에 남았다. 나는 다른 늑대들과 사냥에 나섰다. 망보는 언덕 위에서 보니 푹신한 하얀 누비이불이 라마 계곡을 덮고 있는 것 같았다. 강의 흔적도 없었고, 지난번 눈 폭풍 탓에 추위를 끝까지 버티던 와피티사슴과 사슴, 가지뿔영양들도 남쪽으로 가고 없었다. 보이는 동물이라고는 들소밖에 없었는데, 들소들은 눈 밑에 남아 있는 얼마 안 되는 풀을 찾으려고 털이 북슬북슬한 커다란 머리를 이리저리 흔들며 눈을 쓸어 냈다.

레이즈가 말했다.

"들소 아니면 없는 거 같네요."

블루보이가 물었다.

"들소를 쓰러뜨린 적이 있다고?"

"물론이죠."

나는 이게 터무니없는 거짓말임을 알았다. 레이즈는 이렇게 말하고는 다른 들소들과 떨어져 있는 커다란 수놈을 가리켰다. 녀석은 차디찬 공기 중으로 커다란 구름 같은 콧김을 양옆으로 뿜어 댔다. 레이즈는 루파와 라마와 벤이 바람 부는 방향에서 녀석한테 다가가고 자신과 블루보이가 반대 방향에서 지키고 있자고 했다. 라마는 새로 내린 눈이 아직 얼지 않아 발이 눈 속에 깊게 빠지는 바람에 그다음에 무슨 일이 일어났는지 못 본 것 같았다. 물론, 나는 보았다. 셋이 바람 부는 쪽에서 다가가자 예상대로 수놈은 반대 방향으로 무거운 발걸음을 돌렸다. 그때 블루보이가 펄쩍 뛰어올라 녀석의 텁수룩한 목을 물었다. 하지만 레이즈는 그러지 않았다. 들소는 거칠게 콧김을 뿜더니 탄탄한 뿔을 흔들어 블루보이를 날려 보냈다.

녀석이 자기 무리로 터덜터덜 걸어가는 동안, 나는 블루보이가 누워 있는 곳으로 쏜살같이 내려갔다. 블루보이 주변 눈밭이 새빨갛게 변해 갔다. 내가 공포에 질려 비명을 지르자, 늑대들이 모여들었다.

레이즈가 입을 열었다.

"미안해요. 미끄러졌지 뭐예요."

"뿔에 찔린 거예요, 아버지?"

라마가 비명을 질렀다.

그러자 블루보이가 중얼거렸다.

"그냥 긁힌 거야."

내가 보기에는 뿔에 심하게 찔린 것 같았지만, 블루보이는 라마가 부축하겠다는데도 듣지 않았다. 블루보이는 눈 위에 계속 핏자국을 남기면서도 혼자 힘으로 집으로 돌아왔다. 앨버타는 블루보이를 보자마자 이제까지 한 번도 들어 보지 못한 일을 했다. 블루보이를 새끼를 낳는 굴로 몰아넣은 것이다. 블루보이와 앨버타가 굴로 사라지자, 해도 사라지고 이내 눈이 다시 내렸다.

"딱 우리한테 필요한 게 오는군."

루파가 지긋지긋하다는 듯이 말했다.

호프가 걱정 때문에 꽉 잠긴 목소리로 물었다.

"아버지가 괜찮을까요?"

"어쨌든 한동안은 괜찮을 리가 없지."

루파가 대답하자 프릭이 말했다.

"다른 우두머리 늑대가 사냥감을 찾아 이 근처로 오지 않기를 바라는 수밖에."

그 말에 호프가 놀라서 숨을 삼켰다.

레이즈가 의미심장하게 말했다.

"그러면 심각해지겠네, 그렇지?"

"정말 심각해지겠네."

벤이 따라 말했는데, 뜻이나 알고 말했는지 의심스러웠다.

라마가 물었다.

"뭔가를 먹으면 아버지가 나아질까요?"

호프가 우울하게 대답했다.

"유일하게 남아 있는 먹이가 들소인걸."

하지만 라마는 작은 사냥감을 잡았던 경험이 있었다. 주로 샛강 옆에서 아르테미스를 위해 사냥을 한 것이었다. 이제 샛강 쪽 계곡은 눈에 파묻혀 있어서 눈덧신토끼가 아니라면 들어갈 수도 없었으므로, 라마는 바람 때문에 눈이 덜 쌓이는 산등성이 오솔길로 향했다. 내가 날면서 볼 때는 아무것도 눈에 띄지 않았는데, 늑대들의 코가 괜히 긴 게 아니었는지 이내 라마가 무언가의 냄새를 맡았다. 라마가 코를 땅에 대고 이리저리 누비며 나아갈 때, 내가 위험하다고 소리를 질렀다. 라마 앞 오솔길에 낯선 늑대가 서 있었다.

라마가 놀라서 귀를 뒤로 젖혔다. 나는 낯선 늑대를 찬찬히 보려고 차디찬 바위에 내려앉았다. 다 자란 수컷이긴 했지만 프릭이 걱정하던, 사냥감을 찾는 우두머리 늑대는 아니었다. 눈 더미 위에 서 있는데도 라마보다 작았으니 말이다. 그 늑대는 제대로 먹지 못했는지 목줄이 헐겁게 둘러져 있었고, 왼쪽 귀가 있어야 할 자리에 귀 대신 아물지 않은 상처가 나 있었다.

늑대가 꼬리를 내린 채 말을 걸었다.

"내가 남의 땅에 침범한 건가?"

라마가 대답했다.

"당신은 우리 영역에 들어온 거예요."

"블루보이 형의 냄새를 맡은 줄 알았는데."

그러자 내가 물었다.

"블루보이를 알아?"

낯선 늑대가 당황한 얼굴로 나를 쳐다보자, 나는 까치들은 늑대들하고 어울리는 법이 없다는 사실이 생각났다.

"나는 블루보이 형의 동생이야."

라마의 눈이 휘둥그레졌다.

"정말이에요?"

"내 이름은 설리라고 해."

설리가 몸을 떨었다. 그러자 몸에 쌓여 있던 눈이 떨어지면서, 블루보이와 똑같은 푸르스름한 털빛이 드러났다. 블루보이가 배반자이자 겁쟁이라고 불렀던 그 동생임이 틀림없었다. 하지만 라마가 그 사실을 알 리가 없었다. 그리고 나도 설리 앞에서 그 사실을 라마한테 말해 줄 수는 없었다.

"아버지 동생이라니, 저한테는 삼촌이네요."

"형의 아들이로구나. 덩치를 보니 그런 것 같지만. 이름이 뭐니?"

라마는 설리의 왼쪽 귀가 있던 곳의 흉측한 상처에 정신이 팔려 대답을 안 하다가, 설리가 다시 묻자 이름을 말해 주었다.

"네 아버지가 무리에 늑대를 더 받아 줄까, 라마?

"운명인가 봐요."

라마가 주저 없이 말하는 동안 한바탕 바람이 오솔길 위에 눈을 날려 버렸다.

"우리 사냥꾼이 넷으로 줄었어요. 아버지가…… 삼촌의 형이 다쳤거든요."

"설마 심하게 다친 건 아니겠지?"

"들소 뿔에 찔렸어요."

"어이쿠."

"삼촌도 누구한테 공격받은 것 같네요. 프릭 아저씨가 도와줄 수 있을 거예요."

라마는 새로 찾은 삼촌을 데리고 오솔길을 되돌아갔다. 우리가 집에 다가가자, 레이즈가 일어서서 으르렁거렸다. 벤도 그리 위협적이지는 않지만 따라서 으르렁거렸다.

라마가 말했다.

"이쪽은 아버지의 동생인 설리 삼촌이에요."

루파가 얼굴을 찌푸리며 말했다.

"정말 끔찍한 상처로군. 어쩌다가 그렇게 된 거야?"

"그냥 조그만 사고였어."

내가 막 사시나무에 앉았을 때, 블루보이가 굴에서 나왔다. 블루보이는 비록 다치기는 했지만, 꼿꼿이 서서 꼬리와 귀를 바짝 치켜세웠다.

"안녕, 형. 오랜만이야."

"여긴 웬일이냐?"

블루보이가 노란 눈을 가늘게 뜨며 차갑게 물었다.

"그냥 나는 혹시…… 형 무리에 낄 수 있을까?"

블루보이는 눈 내리는 공중에 김을 뿜으며 콧방귀를 뀌었다. 설리가 귀를 뒤로 납작 붙이면서 배를 깔고 털썩 주저앉았다.

"제발, 응? 딴 데 갈 데도 없어."

라마는 삼촌이 굽실거리는 모습에 눈살을 찌푸렸다. 반면에 블루보이는 그렇게 심한 표정은 처음이다 싶을 정도로 경멸하는 표정을 지었다.

블루보이가 으르렁거렸다.

"썩 꺼져."

13

앨버타는 굴 밖으로 나와 보지 않았다. 설리가 눈보라 속으로 슬금슬금 도망치는 동안, 블루보이는 쌓인 눈 위에 핏자국을 남긴 채 앨버타한테 돌아갔다.

호프가 입을 열었다.

"진짜 우리 삼촌이었을까요?"

프릭이 대답했다.

"저렇게 줏대 없는 늑대가 네 아버지 형제라니 믿기는 어렵구나. 하지만 털 빛깔을 보니 맞는 거 같아."

레이즈가 말했다.

"더러운 거지 같으니라고. 잘 쫓겨났네."

"잘 쫓겨났네."

벤이 앵무새처럼 따라 했다.

· 호프가 말했다.

"하지만 사냥꾼으로 받아들이면 안 됐을까요?"

라마의 귀에 다른 늑대들의 말이 들렸을지는 의문이었다. 라마는 충격에 빠진 것 같았다. 다 자란 늑대는 굴에 들어가지 못하지만, 라마는 그런 관습을 무시하고 안으로 들어갔다.

라마는 얼마 지나지 않아 어두운 표정으로 나왔다.

호프가 물었다.

"우리 삼촌 맞대?"

"아버지는 삼촌한테 왜 그렇게 쌀쌀맞게 굴었던 거지?"

라마는 호프의 물음에는 대답하지 않은 체 투덜거리며, 라마가 처음 굴 밖으로 나오던 날 블루보이가 그랬던 것처럼 이리저리 서성거렸다. 날이 저물고 눈이 그치자, 라마를 뺀 다른 늑대들은 모두 잠을 자려고 웅크리고 누웠다.

라마는 내 사시나무 아래로 다가왔다.

그러고는 조용히 물었다.

"매기 아줌마, 전에 우리 삼촌 만나 본 적 없죠?"

"없지. 굴속에서 무슨 일이 있었니?"

라마는 콧방귀만 뀌었다.

"아버지한테 무슨 말을 했어?"

"아버지한테는 우애라는 게 없냐고 물었어요. 그랬더니 그런

건 관심 없다고 대답하더라고요. 이해가 안 돼요, 아줌마. 만일 라이더가 돌아온다면, 나는……."

라마는 올빼미가 막냇동생을 물어 간 북동쪽을 올려다보았다. 어떻게든 라이더가 다시 돌아온다면 라마가 좋아서 소리 지를 모습을 상상해 보니, 블루보이가 동생한테 보인 반응이 얼마나 매정하게 느껴졌을지 이해가 갔다. 물론, 블루보이가 나한테 털어놓은 일, 즉, 캐나다로 돌아가 가족을 지키게 도와 달라는 부탁을 설리가 거절했다는 사실을 라마는 몰랐다. 블루보이는 라마한테 그 사실을 알리고 싶지 않은 것 같았다.

라마는 내 나무 밑에서 서성였다. 눈 위에 길이 생길 정도였다. 흩어지는 구름 사이로 별 몇 개가 반짝거리기 시작하자, 라마는 프릭과 호프가 같이 누워 있는 비탈로 천천히 올라갔다.

라마가 입을 열었다.

"작별 인사를 하려고요."

둘 다 벌떡 일어났다.

프릭이 놀라서 물었다.

"무리를 떠나려는 건 아니겠지?"

"아직 한 살도 안 됐잖아!"

호프가 거들었다.

라마는 차분하게 둘을 바라보았다.

"때가 된 것 같아요."

호프가 다시 말했다.

"아버지는 다치고 다들 굶어 죽어 가는데 떠나겠다고?"

이 말이 마음에 걸렸는지, 라마는 조금 걸어가더니 잠을 자려고 자리를 잡았다.

아침에 해가 나오자, 블루보이도 모습을 드러냈다. 굴 밖에 섰을 때 다리가 살짝 흔들리는 것 같았지만 꼬리는 당당하게 세웠다.

레이즈가 조심스럽게 블루보이를 살펴보며 물었다.

"사냥할 수 있겠어요?"

"안 돼요, 아버지."

호프가 나서자 루파가 냉정하게 말했다.

"누가 간들 무슨 소용이야. 들소밖에 없는데, 블루보이가 못 쓰러뜨린다면 아무도 쓰러뜨릴 수 없어."

라마가 말했다.

"좀 다루기 쉬운 들소가 있는 데를 알아요."

호프가 돌아보며 물었다.

"어딘데?"

"온천이야. 가끔 들소가 먹이를 먹으러 거기에 가는데 가스 때문에 멍해진대."

레이즈가 말했다.

"네가 가스 때문에 멍청해졌구나."

"맞아, 가스 때문에 멍청해졌어."

벤이 따라 했다.

하지만 블루보이는 흥미를 보였다.

"그 소리를 누구한테 들었냐, 라마?"

라마가 우물쭈물할 때, 내가 말했다.

"내가 말해 줬어. 들소들이 김을 쐬고 나오면, 꼭 물 밖에 나온 오리들처럼 굼떠지거든."

다시 레이즈가 떠들었다.

"새들 허풍이란."

내가 반박하려는데, 프릭이 거칠거칠한 엉덩이를 벌떡 일으켜 세우며 말했다.

"갑시다."

프릭이 얼마나 쾌활하게 말했는지, 호프와 함께 지낸 덕분에 자신감이 생긴 것인지 궁금해졌다. 결국 블루보이는 프릭의 뒤를 따라갔다. 레이즈는 집에 남았고, 벤도 남았지만, 나머지는 길을 나섰다.

온천 지역 입구에 다다르자, 호프와 프릭과 앨버타는 뒤에 남고 블루보이와 루파와 나는 라마를 따라 수증기 속으로 들어갔다. 눈 깜짝할 사이에 겨울에서 여름이 된 것 같았다. 수증기가 지난번처럼 짙지 않아서 동물들이 늑대들을 피하려고 기를 쓰고 달아났다. 한 녀석만 빼고 말이다. 블루보이를 찔렀던 녀석만큼이나 커다란 들소 한 마리가 유황 온천 웅덩이 두 개 사이에서 풀을 우적우적 씹고 있었다.

루파가 녀석의 목을 먼저 공격했고 곧바로 라마가 옆구리를 공격했다. 들소가 놀라 비명을 지르더니 머리를 쳐들고 흔들어 댔지만 그리 위력적이지 않았다. 블루보이는 비록 쇠약한 상태였어도 많이 뒤처져 있지는 않았던 터라 이내 다리를 공격했다. 녀석은 무거운 몸을 이끌고 몇 걸음 앞으로 나아가더니 끔찍한 비명을 지르며 무릎을 꿇고 주저앉았다.

들소의 목털이 너무 텁수룩해서 루파가 숨통을 찾는 데 애를 먹었지만 결국은 찾아냈다. 들소가 마지막 숨을 거두자 루파가 몸통으로 달려들었다.

얼른 라마가 말했다.

"여기서는 안 돼요."

루파가 턱에서 피를 줄줄 흘리면서 고개를 들었다. 루파가 이렇게 흐트러진 모습은 처음 보았다. 몹시도 굶주렸던 모양이다.

라마가 말을 이었다.

"가스 때문에요. 들소가 둔했던 것도 가스 때문이잖아요."

블루보이는 고깃덩어리를 되도록 크게 떼어 내서 밖에 있는 늑대들한테 끌고 가라고 명령했다. 늑대들은 수없이 왔다 갔다 했다. 마지막으로 고깃덩어리를 나르고 나서 셋은 머리를 맑게 하려고 자리에 앉아 깨끗한 공기를 한껏 들이마셨다. 블루보이의 상처가 다시 벌어진 것을 보고 앨버타가 더 이상 일하면 안 된다고 강력하게 우기자, 블루보이는 결국 앨버타의 말대로 집으로 돌아갈 때는 프릭한테 자기 짐을 맡겼다. 고되고 지저분한 작업이었다. 늑대들이 고깃덩어리를 물고 집으로 돌아왔을 때는 다들 피에 흠뻑 젖어 있었다.

먹이를 잔뜩 가져온 것을 보고 레이즈는 뚱해져서 언덕 꼭대기로 물러났다. 벤도 허둥지둥 레이즈 뒤를 따라갔다. 레이즈가 못된 녀석이긴 했지만, 나는 불쌍한 생각이 들었다. 자신이 틀렸음이 밝혀지는 것은 마치 쓴 약을 삼키는 것과 같다. 그것도 사방에 신선한 고기 냄새가 진동하는데 굶주린 배 속으로 말이다.

블루보이는 앨버타한테 가장 육즙이 많은 고깃덩어리를 주고 자기도 다음으로 신선한 덩어리를 가져갔다. 루파도 맛 좋은 덩어리를 골랐다. 호프는 라마한테 차례를 양보하려고 했지만, 라마는 호프와 프릭이 다 먹을 때까지 기다렸다가 잔치에 끼었다. 나는 간에 내려앉아 진미를 맛보았다. 일품이었다.

고깃덩어리 더미가 충분히 쌓여 있는 것을 보니 날씨가 좋아져 와피티사슴들이 계곡에 돌아올 때까지는 충분히 버틸 것 같았다. 그러니 이제 라마가 양심의 가책 없이 무리를 떠날 수 있겠다는 생각이 들었다. 하지만 어둠이 내리고 이제 막 식사를 끝낸 데다, 힘겨운 하루를 보낸 뒤 배도 부르니 라마는 녹초가 되어 곯아떨어졌다. 프릭도 오래 버티지 못했다. 프릭한테는 온천 지역에서부터 집까지 고기를 끌고 온 일이 아이다호주에서 여행한 뒤로 가장 고된 일이었다. 호프 역시 프릭의 상처 난 엉덩이에 턱을 댄 채 기절하듯 잠이 들었다. 블루보이는 눈을 발로 차서 고깃덩어리를 덮은 다음 굴 입구에서 앨버타 옆에 웅크리고 누웠다. 루파는 프릭과 호프가 꼭 붙어 있는 광경을 메스꺼운 눈길로 쳐다보며 앉아 있었다. 하지만 달이 떠오르자, 루파의 눈길이 언덕 위 레이즈한테로 옮겨 갔다. 레이즈는 깨어 있었지만 루파의 눈길을 무시했다. 그래서 루파가 고깃덩어리를 물고 눈 쌓인 언덕을 올라가는 것을 보고 나는 적잖이 놀랐다.

14

라마는 해가 뜨기 전에 잠이 깼다. 언덕 위에서는 루파가 레이즈 옆에서 잠이 들었다. 멀지 않은 곳에 벤이, 다른 늑대들은 새로 생긴 식품 저장고 주위에 웅크리고 누워 있었다. 라마가 먹음 직스러운 들소 고기 한 덩이를 골라 바위 언덕으로 향하자, 나도 따라갔다. 라마는 바위 아래 얕은 굴속에 선물을 놓고는 전에 기다리던 자리로 물러났다.

아침이 밝아 오는 동안 나는 여러 번 딴 곳에 눈길을 빼앗겼다. 남쪽의 눈 덮인 산꼭대기가 햇빛에 빛나는 모습, 근처 작은 산에서 큰뿔야생양 한 마리의 굽은 뿔 하나가 반짝거리는 모습, 두루미 떼가 길고 가느다란 다리를 모아 마치 꽁지처럼 뒤로 늘어뜨린 채 날아가는 모습에 말이다. 하지만 라마의 눈은 한 번도 바위 꼭대기를 떠난 것 같지 않았다. 오후가 되자 날이 꽤 따뜻해졌는데, 나는 바위 언덕 뒤쪽을 둘러보러 나갔다가 아르테미스가 나뭇가지 아래에 앉아 코를 킁킁거리는 모습을 발견했다. 나는 아르테미스가 나타났을 때 라마의 반응을 놓치고 싶지 않아서 다시 반대편으로 돌아갔다. 하지만 아르테미스는 나타나지 않았다. 라마는 그날 밤 늦게까지 버텼지만 저절로 내려오는 눈꺼풀을 더 이상 막지 못하고 잠이 들었다.

바로 그때 아르테미스가 나타났다. 나는 라마를 깨우고 싶었지만, 아르테미스가 나를 바라보는 눈빛에 입을 다물었다. 아르테미스는 밑으로 내려와 들소 고기를 반쯤 먹더니 남은 것을 입에 물고서 잠자는 늑대한테 살그머니 나가가더니 고기를 곁에 내려놓았다. 정말 감동적이고 용감한 행동이었다.

새벽녘에 라마가 퍼뜩 잠에서 깼다. 나는 라마가 곁에 놓인 고깃덩이를 발견하면 자기를 깨우지 않았다고 원망할 줄 알았는데, 라마는 이렇게 소리쳤다.

"오오, 매기 아줌마, 이렇게 멋진 선물은 난생처음 받아 봐요!"

그날은 훨씬 더 따뜻했다. 얼빠진 동고비 두 마리가 즐거운 5월이라며 끊임없이 짹짹거렸다. 눈 밑으로 물이 졸졸 흐르는 소리도 들렸다. 하지만 아르테미스의 소리는 없었다.

이튿날 아침 일찍 라마는 사냥에 나섰다. 라마는 여우의 흔적을 쫓아 프릭이 협곡이라고 일러 준 골짜기로 들어섰는데, 여우를 발견했을 때는 이미 반쯤 먹힌 뒤였다.

"네 냄새가 난다 했다."

먹이에서 고개를 들며 말하는 것은 설리였다.

"여우 좋아하니?"

라마는 놀라서 삼촌을 빤히 쳐다보았다.

"한 번도 안 먹어 봤어요."

"정말 역겨운 맛이지만 굶는 것보다야 낫지. 나머지는 너 먹으렴."

"고맙습니다, 삼촌."

설리는 잠시 라마를 바라보았다.

"있잖아, 라마, 나는 네가 마음에 들어. 너는 참 예의 바르구나."

"고맙습니다."

"너 혼자 여기서 뭐 하니?"

나는 라마가 뭐라고 대답할지 궁금했다. 라마는 잠깐 망설이더니 이렇게 대답했다.

"잠깐 무리에서 벗어나 쉬려고요."

"그러니? 용감하구나. 하지만 너도 알겠지만, 혼자 산다는 것은 어려운 법이란다. 위험하기도 하고."

갑작스레 들려온 요란한 소리에 둘은 동시에 뒤를 돌아보았다. 그건 내가 앉은 나무에서 눈덩이가 털썩 떨어지는 소리였다.

설리가 주둥이 끝에 묻은 여우 털을 핥아 떼면서 말했다.

"무리를 떠났다니 말인데, 나랑 같이 가면 어떻겠니?"

"어디로 가는데요?"

"북쪽으로."

라마는 북쪽을 바라보았다. 라마는 풍향계 없이도 방향을 확실히 알지만, 협곡 아래 내려와 있으니 보이는 게 별로 없었다.

"북쪽에는 왜요?"

"세상에서 가장 맛있는 먹이가 있단다."

"와피티사슴 말이에요?"

"그것보다 훨씬 맛있지."

라마가 미심쩍은 표정을 지었다. 그러자 설리가 덧붙였다.

"소라고 한단다."

"처음 들어 봐요."

"옐로스톤에는 살지 않으니까."

"어떻게 생겼는데요?"

"일단 녀석들은 아주 커. 그러니까 네 도움이 필요한 거지."

"들소만큼 커요?"

"거의."

"소가 삼촌의 귀를 물어뜯은 거예요?"

"아니, 아니야."

"소가 사는 곳 이름이 뭔데요?"

"몬태나란다."

"몬태나가 그렇게 좋은 곳이라면서 왜 여기에 온 거예요?"

설리가 투덜거렸다.

"예의 바르지만 질문이 너무 많구나. 형이 보고 싶어서 온 거야. 유일하게 남은 가족이니까. 하지만 형은 나랑 마음이 다른 것 같더구나."

"아버지 일은 죄송해요. 옳지 않았어요."

라마가 진지하게 말했다.

설리가 어깨를 으쓱하며 말했다.

"흠, 생각해 보니 너도 가족이잖니. 안 그래? 어떻게 할래? '드넓은 하늘의 나라'에 가 보고 싶지 않니?"

"드넓은 하늘의 나라라고요?"

라마가 호기심으로 귀를 씰룩거리며 물었다.

그러자 내가 대답했다.

"몬태나주를 그렇게 불러. 하지만 나는 별로 권하고 싶지 않아. 거기 목장 주인들은 총을 가지고 있는데, 그 사람들은 늑대들을 좋아하지 않거든."

설리가 물었다.

"네가 어떻게 알아?"

"거기서 태어나고 자랐거든."

라마의 성격을 잘 아는 나는 신기한 동물들과 드넓은 하늘을 가진 새로운 곳이란 말에 넘어갈까 봐 걱정했는데, 내 충고를 받아들여 '나중에요.' 하고 대답하자 안심이 되었다. 물론 아르테미스 곁을 떠날 수 없기 때문에 단념했을지도 모르지만 말이다.

라마는 삼촌과 정답게 인사하고 헤어졌다. 그러고는 남은 여우 고기를 아르테미스의 굴에 가져다 놓고 늘 앉던 자리로 물러났다. 낮이 밤이 되는 동안 아르테미스는 코빼기도 보이지 않았다. 다시 잠이 들어 아르테미스를 못 볼세라 라마는 새들에 대해 아는 이야기를 줄줄 읊었다. 거의 나한테서 얻어들은 이야기였다.

"흰머리수리는 진짜 대머리는 아니라네. 머리에 눈처럼 하얀 깃털이 나 있어 대머리처럼 보일 뿐이지. 황금색 검독수리는 무조건 피해야 하지만, 황금방울새는 해롭지 않다네. 분홍사다새는 부리에 복주머니를 달고 다니지만 비린내가 나니까 너무 가까이 가고 싶지 않다네. 레이븐은 레이즈보다 훨씬 새까맣고 똑똑하다네, 까치나 까마귀만큼 똑똑하진 않지만. 휘파람새들은 노래를 잘한다네. 오듀본이 어렸을 때는 훨씬 높게 불렀다지. 딱따구리는 화려하지만 동고비만큼 화사하진 않다네. 갈매기도 알고 보면 별거 아니라네. 바다가 없으면 호수에 살 텐데, 뭘. 홍오리나 물수리나 사브리나 같은 검은머리흰죽지도 마찬가지지. 물수리는 쏜살같이 내려와 먹이를 잡지만, 송골매보다는 느리다네. 산파랑새는 어렸을 때 내 눈 색깔이라네. 이제 내 눈 색깔은 들종다리에 가깝지만."

라마는 제비나 올빼미 이야기는 뺐는데, 아마도 라이더의 죽

181

음 때문이었을 것이다. 솔직히, 파랑새도 뺐다면 좋았을 텐데. 라마는 자기가 아는 새들 이야기를 다 끝내자, 이번에는 새들보다 덜 중요한 다른 동물들 이야기를 늘어놓았다. 그 이야기가 끝난 다음에는 간헐천에서부터 진흙 화산에 이르기까지 옐로스톤에서 마주쳤던 신기한 것들에 대해 늘어놓았다. 이 이야기까지 다 마치자, 라마는 처음부터 다시 시작했다.

그렇게 세 번을 반복한 뒤 우리는 둘 다 히품을 했다.

나는 첫새벽에 라마보다 먼저 눈을 떴다. 이번에도 남은 먹이가 라마 앞에 놓여 있는 것으로 보아 아르테미스가 왔다 간 게 틀림없었다. 나도 배가 고팠지만, 아무리 내가 라마를 좋아한다 해도 먹이가 라마 주둥이에 너무 가까이 있던 탓에, 허기를 채우러 집으로 날아갔다. 늑대들은 여전히 힘을 아끼려고 졸고 있었고, 들소 고기 무더기는 확실히 줄어들었다. 내가 고기를 몇 입 쪼아 먹는데, 프릭이 눈을 번쩍 떴다. 그러더니 조용히 물었다.

"블루보이가 라마에 대해 물어보더라. 라마는 잘 있니?"

나는 라마가 잘 있다고 프릭을 안심시켰다.

점심때쯤 라마한테 돌아가는 길에 설리를 발견했다. 몬태나에 대해 멋지게 설명할 때는 언제고, 설리는 북쪽이 아니라 서쪽으로 향했다. 더 놀라운 것은 설리가 사람들이 다니는 길로 가고 있다는 점이었다. 사람들은 거대한 공원 안에 수백 킬로미터에 이르는 길을 닦아 놓았는데, 한두 달만 있으면 사람들이 몰려들

터였다. 늑대가 사람들 길로 다니다니, 처음 보는 일이었다. 늑대들은 자신들만의 길로 다니기 마련인데.

나는 길가 표지판에 내려앉아 처음으로 내 소개를 했다. 설리처럼 변변치 않은 녀석도 내 이름을 듣고는 웃지 않을 수 없었던 모양이다.

"부모님이 이름 짓는 데는 별로 관심이 없었나 봐."

"그래, 우리 엄마 이름도 맥이니까."

나는 이렇게 대답하고는 몬태나 이야기로 화제를 돌렸다.

설리는 말동무가 그리웠는지 자기가 어쩌다가 여기까지 오게 되었는지를 시시콜콜 늘어놓았다.

설리는 몇 년 전 늑대 보호소에서 풀려난 뒤에 '크리스털 샛강 무리'에 들어갔다. 설리는 서열이 꼴찌여서 가장 맛없는 먹이를 먹었는데, 정말로 힘들었던 것은 우두머리 부부가 봄에 새끼 여덟 마리를 낳은 뒤 새끼를 돌보는 일을 맡겼을 때였다. 새끼들은 설리를 달달 볶았다. 잠을 좀 자려고만 하면 등에 올라타 펄쩍펄쩍 뛰거나 꼬리를 물어 댔다. 설리는 혼자 사는 것이 이보다 나쁠 리 없다고 생각하고 무리를 떠났다. 하지만 캐나다에서 처음 독립했을 때와는 달리 설리 곁에는 블루보이가 없었다. 꼬박 1년 동안 설리는 홀로 옐로스톤 공원을 살금살금 돌아다니며 근근이 살았다. 그러다 사슴을 쫓아 베어투스산으로 들어갔는데, 우연히 북쪽 골짜기 사이로 목축장이 보였다. 몬태나였다.

처음 맛본 가축은 양이었다. 그 많은 양털을 처리하는 일은 번거로웠지만, 꿀맛이었다. 소 역시 쉬운 먹잇감은 아니었어도, 맛은 끝내줬다. 곧 설리는 소고기 맛에 푹 빠졌다. 설리는 1년이 넘게 산기슭에 살면서 방목장으로 사냥을 다녔다. 하지만 결국 목장 주인이 설리를 찾아냈고, 눈 덮인 초원을 가로질러 도망치는 설리를 향해 총을 쏘았다. 그때 설리는 귀 한쪽을 잃었다. 설리는 상처를 핥을 수조차 없어서, 돌봐 줄 식구가 없다는 사실에 자신의 외로운 신세가 더 서러워졌다. 그래서 다시 한번 늑대 무리에 들어가 보려고 용기를 내어 돌아왔던 것이다. 그러다 놀랍게도 블루보이의 영역 표시 냄새를 맡았다. 형이 캐나다로 돌아갔거나 아니면 캐나다로 가는 길에 죽었을 거라고 생각했는데 말이다.

"형이 왜 그렇게 매정하게 구는지 이해가 안 가."

나는 이유를 알고 있었지만 블루보이가 나한테만 털어놓았던 이야기를 입 밖에 내지 않았다.

"어디로 가는 중이니?"

설리는 고개를 홱 숙이더니 다친 귀를 긁었다.

"너도 외톨이 새 같은데. 혼자 다니는 게 지겨운 적 없어?"

그 말에 나는 깃털이 곤두섰다. 내가 자기 형 무리라는 것을 알아채지 못했나? 문득 그런 사실이 평범한 상황은 아니라는 생각이 들었다. 그리고 이제 나도 늑대들한테 아무 쓸모가 없어진 마당에 늑대들이 나를 정말로 식구로 여기고 있을지 의심도 들었다.

설리는 내 대답을 기다리지 않고 말을 이었다.

"라마가 몬태나에 가지 않는다고 하니까, 원래 계획대로 하려고. 헬로링 샛강을 건너면 늑대 무리가 있다고 들었거든."

나는 설리를 따라 사람들 길을 따라가다가 잎이 다 떨어진 미루나무 숲길로 들어섰다. 헬로링 샛강의 소리가 먼저 들리더니 곧 모습이 보였다. 강물이 너무 불은 데다 넘실거리는 물결에 얼음덩어리들이 꽉 차 있는 것을 보더니 설리는 강을 건너는 것이 무리라고 판단했다. 멀지 않은 곳에 사람들이 여름에 쓰는 통나무 오두막집이 한 채 있었다. 오두막집 아래로 기어들어 간 설리는 고슴도치를 한 마리 발견했지만 겁만 주어 도망가게 놔두었다. 몇 입 안 되는 먹이를 먹느라 주둥이 가득 바늘에 찔리고 싶지는 않은 모양이었다.

해가 서쪽으로 꽤 기울어진 터라 라마한테 돌아가려고 하던 참에 강 건너편에서 늑대들 우는 소리가 들렸다. 그러자 설리가 오두막집 밑에서 나와 같이 울었다. 늑대들도 친절한 목소리로 답을 했다. 설리는 사람들 길을 따라 상류 쪽으로 올라가다가 급물살 위에 가로놓인 나무다리를 발견했다. 이윽고 설리는 강 건너편에서 정찰하던 늑대 무리와 만났다. 수컷 두 마리와 암컷 한 마리였다. 암컷은 설리만 했고, 수컷들은 약간 컸지만 둘 다 우두머리 같아 보이지는 않았다.

설리가 꼬리를 내린 채 말했다.

"나도 너희 무리에 낄 수 있을지 모르겠네."

수컷 하나가 말했다.

"너무 약해 보이는데."

다른 수컷도 거들었다.

"한쪽 귀로 사냥하기도 어려울 테고."

설리가 대답했다.

"오늘 아침에도 여우를 잡았는걸."

첫 번째 수컷이 무시하듯이 말했다.

"여우라니."

"기회를 줘 봐."

세 늑대가 서로 눈빛을 주고받았다. 나는 설리가 한쪽만 남은 귀를 머리에 바짝 붙인 채 배를 깔고 엎드려 굽실거리는 모습에 얼굴을 찌푸리지 않을 수 없었다.

암컷이 말했다.

"새끼들이 곧 태어나는데. 새끼들 돌보는 일은 어때?"

그러자 설리가 기쁜 듯이 고개를 쳐들고 외쳤다.

"어머, 내가 새끼들을 얼마나 좋아하는데!"

15

　설리가 새로운 늑대들 비위를 맞추고 있을 때, 뒤쪽 동쪽에서 퓨마임이 틀림없는 울음소리가 들렸다. 나는 혼자 있을 라마가 생각나서 재빨리 그쪽으로 날아갔다.

　그런데 위험에 빠진 것은 라마가 아니었다. 그건 라마의 코요테 친구였다. 드루이드 봉우리의 동쪽에서 커다란 고양이 두 마리가 양쪽 벽이 벼랑인 막다른 협곡으로 아르테미스를 몰아넣고 있었다. 모든 새를 대변해서 말하자면 고양이들은 비열한 녀석들이고 퓨마는 고양이 중에서도 덩치가 무척 큰 쪽에 속한다. 모든 고양이가 그렇듯이 퓨마는 먹이를 갖고 놀기를 좋아하는데, 불쌍한 아르테미스에게도 똑같은 짓을 했다. 녀석들은 아르테미스가 가파른 벼랑을 오르려고 헛수고를 하는 동안 조금씩 포위망을 좁혀 갔다.

나는 라마한테 알리려고 서둘러 바위 언덕으로 날아갔다. 거기에 라마는 없었다. 우리 무리한테도 가 봤지만, 라마가 들른 흔적은 없었다. 라마는 온천 지역 근처에도 없었다.

마침내 스페시먼 산등성이에서 라마를 발견했다. 나는 라마 근처에 있는 검게 탄 소나무에 내려앉았다. 하지만 잘생긴 어린 늑대를 내려다보고 있자니, 이 늑대가 갈기갈기 찢기는 모습을 차마 볼 수 없을 것 같아서 아르테미스 이야기는 전하지 않기로 결심했다. 퓨마 한 마리라면 모를까 두 마리는 무리였다.

라마는 썩 밝지 않은 얼굴로 인사했다.

그래서 물었다.

"무슨 일 있어?"

"아르테미스한테 갖다 줄 먹이를 못 찾겠어요, 매기 아줌마. 눈이 너무 많이 녹아서 냄새도 다 사라져 버렸고요. 곰을 한 마리 봤는데. 겨울잠에서 막 깨어났나 봐요. 그런데 아르테미스가 곰 고기를 좋아할지 모르겠어요."

"글쎄."

나는 라마가 곰을 쓰러뜨릴 수나 있을지 의심하며 대답했다.

라마가 식구들 안부를 묻자, 들소 고기와 따뜻해지는 날씨 덕분에 블루보이가 아주 많이 좋아졌다고 말해 주었다.

"호프 누나는 어때요?"

"완전히 회복된 것 같아. 옆에 프릭도 있고. 프릭이 행복해하니 정말 다행이야. 네 엄마는 점점 몸이 불고 있어. 얼마 안 남은 것 같아."

"오늘 아르테미스 못 봤죠, 그렇죠?"

이 질문은 안 했으면 했는데. 나는 얼렁뚱땅 딴 얘기를 했다.

"이 나무 나랑 잘 어울리지, 안 그래?"

"왜 그렇게 까맣게 된 거예요?"

"1988년에 난 산불 때문일 거야. 정말 대단했다네. 공원에 살던 동물 반이 불에 타 죽었대."

"말도 안 돼요! 아르테미스가 불길에 갇혔다고 생각해 보세요! 그럼 나도 확 죽어 버릴 거예요."

나는 죄스러운 눈길로 드루이드 봉우리를 훔쳐보았다.

"있잖아, 코요테 하나를 본 것 같기도 하고."

나는 지금쯤이면 비열한 고양이들이 잔인한 짓을 끝냈을 거라 생각하고 덧붙였다.

"드루이드 봉우리 옆에 그 막다른 협곡에서 말이야."

라마가 눈을 반짝이며 물었다.

"아르테미스였어요?"

그냥 대충 둘러댔다.

"잘 모르겠어. 근데 퓨마 두 마리가 구석으로 몰아세우는 거 같았는데……"

내 말이 다 끝나기도 전에 라마는 뛰어갔다. 나는 끝까지 부리를 다물걸 후회하며 라마를 쫓았다. 만일 퓨마들이 아르테미스를 잡아먹었다면, 라마는 몹시 낙담할 것이다. 하지만 만일 무자비한 고양이들이 라마를 잡아먹는다면, 내가 그렇게 될 것이다.

우리가 협곡에 도착했을 때, 고양이들은 아직도 잔인한 장난을 하고 있었다. 가여운 아르테미스는 여전히 벼랑을 올라가려고 애썼다. 아르테미스는 벼랑을 올라갈 때마다 굴러떨어졌고, 녹은 눈에 푹 빠지면서 몸을 덜덜 떨었다.

라마는 블루보이가 사냥감을 쫓을 때 내는 소리를 여러 번 듣기는 했지만, 직접 그런 소리를 내 보기는 그때가 처음이었다. 소리가 벼랑에 부딪쳐서 블루보이에 버금가는 깊고 낮은 소리가 났다. 퓨마들이 놀라서 뒤를 돌아보았다. 라마는 목을 둥그렇게 세웠다. 그러고는 귀와 꼬리와 목둘레 털을 바짝 곤두세우고 눈을 가늘게 뜬 채 으르렁거렸다.

놀랐던 퓨마들의 눈빛이 금세 위협하는 눈빛으로 바뀌었다. 둘 중에 작은 녀석도 라마보다 20킬로그램은 더 나갈 것 같았다. 녀석들이 라마한테 다가오자 나는 "도망쳐!" 하고 소리를 질렀다. 하지만 고집 센 어린 늑대는 꼬리를 곧추세운 채 자리에서 꿈쩍도 하지 않았다.

그때 멀리서 우웅 소리가 들렸다.

날개 없는 동물들 가운데에서 새처럼 날고 싶은 소원을 이루어 낸 존재는 오직 사람뿐이다. 사람들은 실제로 하늘을 날 수 있다. 오로지 볼썽사납고, 귀청이 떨어질 정도로 시끄러운 기계를 타고서 말이다. 나는 늘 이 기계가 몹시 못마땅했다. 새들은 엔진으로 빨려 들어가 다진 고기가 될 수도 있다. 하지만 이런 기계 하나가 가까운 공항을 향해 가는지 요란한 소리를 내며 바로 머리 위를 지나가자, 고맙기까지 했다. 고양이들이 그렇듯이 퓨마도 겁이 많은 동물이다. 퓨마 한 마리는 라마의 오른쪽으로, 다른 한 마리는 왼쪽으로 껑충껑충 뛰어갔다. 라마가 둘러보았지만, 고양이들은 벌써 도망가고 없었다.

그때까지 나는 협곡의 북쪽 벽 아래 무너져 내린 바위 부스러기 더미 위에 앉아 있다가 라마 옆에 있는 이끼 덮인 바위 위로 날아갔다. 라마는 옆구리가 들썩거릴 정도로 숨을 가쁘게 몰아쉬었는데, 그런 모습은 처음 보았다.

"사람들도 그렇게 쓸모가 없지만은 않은 것 같네."

내 말에 라마가 가쁜 숨을 돌리고 나서 말했다.

"우리가 고마워해야 할 상대는 바로 매기 아줌마인걸요."

"우리라고?"

라마가 막다른 협곡 쪽으로 몸을 돌렸다. 하지만 아르테미스의 모습은 보이지 않았다. 비행기가 퓨마들의 주의를 흐트러뜨리자마자, 죽을힘을 다해 도망친 것이었다.

16

나는 지는 햇살을 받으며 라마를 따라 바위 언덕으로 갔다. 라마는 언덕 꼭대기로 달려갈 줄 알았는데, 기슭 근처 가문비나무 밑에 웅크리고 누웠다.

"아르테미스가 있는지 안 봐?"

"저 위에 가 볼 수가 없어요. 먹잇감을 갖고 오지 못한걸요."

라마는 아르테미스를 위해 퓨마 두 마리와 맞선 사실도 먹이를 못 가져온 변명이 되지 않는다고 생각하는 것 같았다. 나는 가문비나무에서 밤을 지낼까 생각했지만, 설리가 나더러 '외톨이'라고 했던 게 생각나자 늑대 식구들이 그리워졌다.

내가 사시나무에 도착했을 때 아직 서쪽에 노을이 남아 있었는데도, 늑대들은 이미 잠자리에 들었다. 블루보이가 혼자서 자는 것을 보니 앨버타는 새끼 낳을 준비를 하러 굴속에 들어간 모양이었다. 프릭과 호프는 서로 가까이 웅크리고 누워 있었다. 레이즈와 루파와 벤은 멀리 언덕 위에 자리 잡았다. 나는 늑대들이, 심지어 블루보이마저도 내가 점심때 뒤로 안 보인 것을 모르는 게 아닌지 의심이 들었다. 나를 먹이나 축내는 식객으로밖에 여기지 않는 것은 아닌지 두려웠다.

그날 그렇게 힘들게 날아다녔음에도 우울해서 잠이 오지 않았다. 마침내 날갯죽지에 고개를 파묻었는데, 수군거리는 소리에 이내 잠이 깨 버렸다. 레이즈와 루파가 비밀스럽게 이야기를 나누려고 비탈을 내려온 것이었다. 대놓고 나를 무시하는 이런 행동에 내 기분이 나아질 리 없었다.

레이즈가 말했다.

"어제만 해도 앨버타가 너무 뚱뚱해졌다고 안됐다고 했잖아."

"하지만 한 달 안에 활짝 웃으며 나올걸. 새로 태어난 새끼들을 데리고 말이야."

루파가 투덜거렸다.

"그래도 앨버타는 절대 너만큼 아름다워질 수 없잖아."

"그건 그렇지만, 만날 앨버타 뒤만 따라다니는 데 진저리가 나."

"그럼 전에 이야기했던 대로 해 보자. 벤도 낄 거야."

"우리가 새로운 무리를 만들어 떠나면, 블루보이가 쫓아와서 우리를 갈기갈기 찢어 놓을걸."

"만일 그러면, 들소가 시작한 일을 내가 끝장내 주지."

"아무리 블루보이가 다쳤다지만, 네가 성공할 수 있을 거 같아?"

한동안 강물이 졸졸 흐르는 소리 말고는 아무 소리도 들리지 않았다.

마침내 레이즈가 대답했다.

"새끼들이 나올 때까지 기다리지, 뭐. 그때는 기분이 좋을 테니까, 우리가 떠나도 신경 쓰지 않을 거야."

"새끼들을 먹여야 하니까 우리더러 도우라고 할걸."

"좋아, 그럼 새끼들이 사냥할 수 있을 때까지 기다리지, 뭐. 그때는 우리가 썩 필요하지 않을 테니까."

"하지만 여기가 네가 태어난 네 집이라며. 이렇게 완벽한 곳을 또 어디서 찾아?"

내가 우울하지만 않았어도 레이즈가 불쌍하게 느껴졌을 뻔했다. 하는 말마다 루파가 토를 다니 말이다.

마침내 둘은 잠을 자러 언덕 위로 돌아가고, 나도 잠이 들었다. 아침이 되자, 까치 한 마리가 지빠귀와 동고비들과 함께 강물 위를 날아다니며 아침을 반기는 노래를 불렀다. 옐로스톤 공원에 온 뒤로 나는 여기 사는 까치들은 으레 피했지만, 그날은 로지폴 소나무에 앉아 있는 그 까치한테 날아가서 말을 걸었다. 그 까치는 약간 어렸지만 꽤 잘생긴 편이고 혼자였다. 둥지까지 있다고 했는데, 근처에서 우연히 발견한 버려진 둥지라고 했다.

까치가 말했다.

"네가 보고 싶어 할 것 같진 않지만."

"왜 그렇게 생각해?"

"새들이 그러는데 너는 새침데기래."

"말도 안 되는 소리."

"그럼 잘됐네. 네 맘에 쏙 들걸. 장식도 많이 해 놨거든."

까치가 신이 나서 말했다.

'장식'이라는 말에 살짝 불안하기는 했지만, 어쨌든 둥지를 보려고 함께 날아갔다. 둥지를 보니 기가 딱 막혔다. 이 까치는 댄보다 더 심한 쓰레기 수집가였다. 바닥에는 병뚜껑과 클립과 은박 포장지들이 널려 있었다. 벽에는 녹슨 '곰 스모키*' 배지 하나와 다 먹은 트레일믹스** 봉지, '올드 페이스풀 간헐천'의 낡은 3차원 엽서 한 장이 있었다. 다른 까치들 둥지처럼 이 둥지에도 지붕이 있었는데, 천장에는 코팅된 공원 경비원 배지가 실에 매달린 채 가벼운 바람에 천천히 돌아갔다.

까치가 외쳤다.

"멋지지 않아? 이 둥지에는 알만 있으면 돼!"

---

* 미국에서 산불 방지 캠페인을 위해 만든 곰 마스코트의 이름.
** 땅콩류와 말린 과일 등을 섞어 굳힌 것으로 등산 등을 할 때 먹는 음식.

"안됐지만, 그런 일을 하기는 내가 너무 늙어서 말이야."

까치는 실망한 표정이 역력했다. 내 말은 사실이 아니었지만, 이런 쓰레기 더미에서 알을 품느라 몇 주 동안 꼼짝 못 하느니 차라리 내 꽁지를 다 뽑아 버리는 게 나았다.

다시 사시나무로 돌아왔을 땐 늑대들이 모두 깨어 있었다. 들소 고기가 거의 다 떨어진 터라 웬만큼 옛 모습을 찾은 블루보이는 하루 더 쉬라는 프릭의 말도 듣지 않고 사냥에 나섰다. 호프도 따라나섰다. 나는 프릭과 함께 집에 남았다. 호프도 없고 라마도 없으므로 내가 같이 있어 주면 프릭이 좋아할 것 같았기 때문이다. 하지만 프릭은 울새의 알처럼 청록색인 하늘에서 해가 떠오르는 모습만 보고 있어도 행복한 듯했다.

이내 사냥꾼들이 돌아왔다. 블루보이는 와피티사슴 고기 한 덩어리를 앨버타를 위해 굴 입구에 두고 나서 사냥터에서 먹었을 먹이를 소화시키려고 자리에 앉았다. 지난밤에 엿들은 이야기를 블루보이한테 하고 싶었지만, 블루보이가 나한테 눈길조차 주지 않았으므로 그냥 입을 다물었다. 오후 늦게까지 시무룩하게 앉아 있다가 바위 언덕으로 날아갔다. 라마는 늘 있던 자리에 있었다. 내가 아르테미스의 안부를 물었다.

"아직 못 봤지만, 그래도 먹이는 갖다 놓았어요."

라마는 굴 안에 놓인 선물을 고개로 가리키고는 말을 이었다.

"어제는 정말 고마웠어요, 매기 아줌마. 만일 그 끔찍한 고양이들이 아르테미스를 잡아먹었다면, 나는 무슨 짓을 했을지 몰라요."

라마가 예의 바르다던 설리의 말이 옳았다. 하지만 예의 바르다는 게 상대방을 기분 좋게 하지 못한다면 결국 무슨 소용이 있단 말인가? 조금이라도 도움이 되었다니 고마운 일이기는 했지만, 라마의 관심은 당연히 내가 아닌데. 나는 라마와 함께 바위 꼭대기를 지켜보았다. 해가 지고 보름달에 가까운 달이 떠오르자 마침내 아르테미스가 나타났다. 달빛에 털이 은은한 금빛으로 빛났는데, 아르테미스는 어제는 겁에 질려 있던 눈동자를 초롱초롱 반짝이며 코를 킁킁거렸다.

라마가 말했다.

"뮬사슴 고기야. 소다산 옆에서 잡았어."

"뮬사슴 고기는 먹어 본 적 없는데."

"넓적다리 살이야. 입맛에 맞으면 좋겠다."

"미안하지만 자리 좀······?"

라마는 총총걸음으로 물러났다. 라마가 멀리 떨어지자, 아르테미스가 바위 꼭대기에서 빙 돌아 내려와 사슴 고기를 맛보았다. 새들 기준으로 아르테미스의 식사 예절은 형편없었지만, 늑대들과 비교하면 양반이었다. 아르테미스가 식사를 끝내고 다시 자기 자리로 올라가자, 라마도 원래 있던 자리로 돌아갔다.

"어때?"

아르테미스가 대답했다.

"음, 배불러. 오오, 우아! 뭐야?"

"아까 말했잖아, 뮬사슴이라고."

"아니, 저 별똥별 말이야."

나는 라마를 따라서 밤하늘을 쳐다보았다.

라마가 말했다.

"이런 놓쳤네."

아르테미스가 말했다.

"정말 예뻤는데. 맞다, 내가 오늘 오후에 뭘 봤는지 아니?"

"뭔데?"

"물수리가 물고기를 떨어뜨렸는데, 그걸 곰이 공중에서 낚아챘지 뭐야."

"물수리는 그런 실수를 안 하는 줄 알았는데."

"절대 안 하지. 유일무이한 일이야."

라마가 나를 보면서 조그맣게 물었다.

"유일무이한 게 뭐예요?"

"딱 하나 말고는 없다는 뜻이야."

그때 아르테미스가 뭐라고 말했지만, 너무 작게 말해서 들리지 않았다.

"뭐라고, 아르테미스?"

"'퓨마한테서 코요테를 구하는 늑대처럼'이라고 말했어."

"아아, 하지만 그런 일이 또 생겨도, 나는 똑같이 할 거야."

"그럼, 그런 일이 유일무이하길 바라자."

이 말을 남기고 아르테미스는 사라졌다.

라마가 한숨을 쉬며 말했다.

"'배부르다'는 말은 뮬사슴이 별로 맛있지 않았다는 소리 같아요."

"더 확실한 칭찬을 들었잖아."

"들쥐를 가장 좋아해요. 내일은 꼭 한 마리 잡아야겠어요."

나는 라마가 들쥐를 잡았는지 확인하지 않았다. 라마가 따뜻하게 대해 주기는 했지만, 이 바위 언덕에 셋은 너무 많다는 사실을 깨달았기 때문이다.

나는 내 사시나무에서 지내면서 늑대 식구들과 사냥을 다니는 원래 일상으로 돌아왔다. 충분히 즐거울 수 있는 시간이었다. 와피티사슴과 가지뿔영양이 다시 계곡으로 돌아왔고, 계곡은 날이 갈수록 푸르러졌다. 며칠 뒤에는 굴속에서 새로 태어난 새끼들의 울음소리도 들렸다. 적어도 네 마리는 되는 것 같았다. 하지만 라마도 곁에 없고, 프릭은 행복해하는 데다, 블루보이는 온통 굴속에만 관심이 있으니, 나 자신이 더할 나위 없이 쓸모없게 느껴졌다.

어느 날 아침 해가 뜨자, 블루보이가 자리에서 일어나 언덕에서 터벅터벅 내려왔다. 강에서 물을 먹으려는 줄 알았는데, 블루보이가 사시나무 아래서 걸음을 멈추더니 나를 올려다보았다.

"요즘 만난 적 있어?"

"누굴?"

나는 모르는 척하면서 되물었다.

"라마."

"최근에는 못 봤는데."

"그냥 떠나 버리다니, 작별 인사도 없이. 알다시피 늑대들은 보통 두 살이 될 때까지는 독립하지 않아. 라마가 왜 그랬다고 생각해?"

"정말 몰라?"

블루보이가 콧방귀를 뀌었다.

"설리한테 심하게 대했다고 따지고 들더군……."

"라이더를 잃었을 때 라마가 얼마나 괴로워했는지 잊지 마. 라마는 상처받기 쉬운 늑대야."

"상처받기 쉬운 늑대라니."

블루보이가 내뱉듯이 말했다. 하지만 이내 한숨을 내쉬며 말을 이었다.

"다른 욱하는 아이들처럼 그렇게 떠나 버렸으면서, 무리가 어려움을 이겨 낼 수 있게 남았어야……."

내가 더 이상 말하지 못하게 말을 가로막았다.

"저 들소 고기 덕분에 이겨 낼 수 있었잖아. 라마가 보고 싶어?"

블루보이는 대답하지 않았다.

"보고 싶어 하는 게 무슨 잘못이겠어. 네 아들인데."

"매기, 녀석이 어디로 간 거야?"

"왜 나한테 물어?"

"녀석이 사냥을 쉴 때마다 너도 쉰 걸 내가 모를 거라고 생각하나?"

블루보이가 내 행동에 관심을 기울였다니 나도 모르게 기분이 좋아졌다.

"얼마 전에 보긴 봤어."

"어디에서?"

블루보이가 다그쳐 물었다.

"내가 알려 줬다고 말하면 안 돼."

"말 안 할게."

나는 부리로 남동쪽을 가리켰다.

"저 아래로 가면 바위 언덕이 있어."

블루보이가 고개를 끄덕였다.

"고마워."

"있잖아, 블루보이?"

"응?"

"레이즈하고 루파에 대해 네가 흥미로워할 만한 일이 있는데."

"우리를 떠나서 벤하고 무리를 만들 생각인 거?"

나는 깜짝 놀라서 물었다.

"어떻게 알았어?"

"새들처럼 높은 데서 멀리 보지는 못해도 나도 나름 눈과 귀가 있다고. 오늘 사냥에 나갈래?"

생각을 많이 하다 보면 몸무게가 빠지는데, 애초에 3백 그램도 안 나간다면, 몸무게가 빠지면 곤란하다. 그래서 나는 사냥에 나섰다. 블루보이와 호프 둘 다 거의 회복된 터라, 늑대 식구들은 무리에서 벗어나 있던 황갈색 암컷 와피티사슴을 손쉽게 사냥했다. 블루보이는 배를 채운 뒤 앨버타와 새끼들을 위해 먹음직스러운 부분을 뚝 떼어 내 가져갔고, 우리는 그 자리에 남아 배불리 먹었다. 이튿날 아침 나는 창피하게도 늦잠을 잤다. 늑대들도 블루보이만 빼고 나보다 훨씬 더 게을렀다. 블루보이는 보이지 않는데, 남동쪽으로 간 게 아닌가 싶었다.

블루보이는 다른 늑대들이 일어나기 전에 돌아와서 내 사시나무 아래 멈춰 섰다. 사시나무에는 이제 점 같은 붉은 싹들이 촘촘히 돋아나 있었다.

"네 말대로 바위 언덕에 있더군. 밑에서 보니까, 녀석이 얼마나 컸는지 몰라."

"거의 너만 하지. 얘기해 봤어?"

"아니. 언덕 꼭대기에 코요테가 있어서. 녀석이 코요테를 지켜보고 있는 것 같아서 조용히 있었어. 근데 조금 더 올라가 보니 코요테를 지켜보는 게 아니라 코요테랑 떠들고 있는 거야! 코요테랑! 코요테는 조금도 긴장한 기색이 없더군. 주둥이도 힘을 빼고 귀도 젖히고 말이야. 라마가 하는 말에 재미있어하는 것 같았어."

블루보이와 알고 지낸 뒤로, 블루보이가 이렇게 한꺼번에 말을 많이 늘어놓는 모습은 처음이었다.

"라마가 뭐라고 말했는데?"

"몰라, 관심도 없고. 말려야 해. 앞날이 막막하잖아. 라마는 내 피를 물려받았어. 코요테하고는 내 피를 물려줄 수가 없어."

"그래서 그냥 온 거야?"

"마음 같아서는 뒷덜미를 물고 끌고 오고 싶었지. 하지만 녀석 고집이 어지간해야 말이지. 또 떠나 버릴 게 뻔한데. 제 발로 돌아오게 해야지."

"어떻게 하려고?"

"내 동생을 찾을 수 있겠어? 그날은 내 기분이 영 안 좋았다고 말하는 거야."

"그럼 우리 식구로 받아들이겠다는 말이야?"

"그래서 라마가 그 사실을 알게 되면, 다시 돌아올지도 모르고 그 바보짓을 그만둘지도 몰라. 설리를 찾을 수 있겠어?"

"다른 무리에 들어갔을지도 모르지만, 찾아볼게."

사실 내가 쓸모가 있다고 생각하니 기분이 좋았다. 나는 기절하다시피 잠들어 있는 다른 늑대들이 깨어나기 전에 서쪽으로 길을 떠났다. 그러다 헬로링 샛강 건너편에서 사냥에 나선 늑대무리를 만났다. 설리를 데려간 세 늑대가 있는 무리였다. 나는 설리가 집에 있냐고 물었다.

암컷이 말했다.

"귀 하나 달린 녀석? 얼마 전에 떠났어."

내가 이유를 묻자, 암컷은 자기들이 설리를 괴롭혔다고 순순히 인정했다. 욕도 하고, 어릿광대 취급도 하고, 가장 질긴 고기만 남겨 줬다고 하면서 말이다.

"새끼 돌보는 일을 정말로 바라는 것 같지 않았어. 새끼들이 태어나기도 전에 떠났다니까."

"어느 쪽으로 갔는지 알아?"

"북쪽이야."

안 봐도 훤했다. 찌꺼기 같은 먹이만 먹던 설리는 육즙이 흐르는 소고기를 상상하며 잠이 들었을 것이다. 설리는 몬태나로 돌아간 게 틀림없었다.

우울했던 시기에 사실 나도 몬태나로 돌아갈까 고민했는데, 이렇게 몬태나에 가게 되다니. 몬태나에서 봄은 좋은 계절이었다. 베어투스산 위로 높이 날아오르자, 눈앞에 펼쳐진 목초지는 파릇파릇하고, 강들은 넘실거렸으며, 산허리는 야생화로 알록 달록했다. 나는 설리를 찾으러 온 것이긴 했지만, 트리플바 T 목 장까지 쭉 날아가서 나의 옛집인 폰데로사 소나무에서 아늑한 바닐라 향을 맡으며 밤을 보내지 않을 수가 없었다. 나무에는 어 질러진 둥지도, 댄도 보이지 않았다. 댄은 죽었거나 죽임을 당했 음이 틀림없었다. 댄이 이사를 했다고는 상상할 수 없었기 때문 이다. 나는 아침에 일어나자마자 맨 먼저 커다란 미루나무 아래 로 가 보았다. 처음에는 누군가 뿌리 사이 구멍을 메워 놓아서 아쉬웠지만, 그러다 내가 정말로 잭슨 아저씨의 해골과 맞닥뜨 리고 싶은 것은 아님을 깨달았다. 나는 옛날에 아저씨가 앉던 풍 향계로 올라갔다. 8자를 그리며 저장탑 주변을 날아다니는 까치 는 내 동생 마지 같았다. 나는 내 새끼 두 마리도 발견했다. 데니 아니면 대니인 한 마리와 아나스타시아였다. 하지만 다들 둥지 를 짓느라 여념이 없었고, 나를 봤다 해도 알아보지 못했을 것이 다. 물론 새끼들은 둥지를 떠난 뒤로 나를 거의 못 보긴 했다. 나 는 훌륭한 엄마가 아니었으니까.

얼마 지나지 않아 방충망을 댄 문이 쾅 하고 열리더니 빨간 모 자가 어슬렁거리며 나왔다. 빨간 모자는 이제 자기 아버지만큼 이나 자랐고, 모자는 낡아 칙칙한 분홍색이 되었다. 하지만 전과 다름없이 총을 들고 있었다. 과녁에는 여전히 너덜너덜해진 늑 대 모양이 그려져 있었다. 빨간 모자가 과녁에 대고 총을 쏘자,

나는 갑자기 가슴이 요동쳤다. 늑대 식구들과 떨어진 지 이틀도 채 안 지났지만, 늑대들이 그리웠다. 비록 늑대들도 그럴지 의심스러웠지만 말이다.

나는 해야 할 일이 있음을 기억해 내고 남쪽으로 날아갔다. 그러고는 산자락 밑의 막다른 목장에 이르자 풍차 위에 내려앉았다. 큰 목장이었는데, 아무래도 설리가 소를 덮친 목장인 것 같았다. 하지만 소 떼와 말에 탄 목동들과 그 뒤를 따르는 개들은 많았지만, 늑대의 모습은 어디에도 보이지 않았다.

나는 설리가 어둠을 틈타 도둑질을 할지도 모른다고 생각하고 밤이 되길 기다렸다. 달무리가 져서 달빛이 흐릿했지만, 헛간 근처에서 반짝이는 눈빛이 나타났다. 자세히 보려고 아래로 날아갔다. 하지만 그건 생쥐나 쥐를 찾아 어슬렁거리는 집고양이였다.

아침이 되자 나는 목장을 다시 한번 둘러보았다. 목장 주인이 집에서 나오더니 트럭에 올라탔다. 목장 주인은 트럭을 몰고 가다 말고 말이 가득한 울타리 옆에 멈추더니 울타리 위에 앉아 있는 목동들한테 말을 건넸다. 나는 사람들이 늑대 이야기를 할 때 울타리에 내려앉아 엿들을 수 있었다.

"같은 놈이야. 확실해."

"파란 놈요?"

목동이 물었다.

"맞아. 옐로스톤에 있는 그 유난스러운 환경 보호 운동가들한
테 전화를 걸었지."

"이번에는 꾸물대지 않고 뭘 좀 할까요?"

"놈이 여기로 돌아온 걸 이미 알고 있더라고. 목줄에 추적 거
시기를 달아 놨대. 놈이 지금은 다시 자기들 쪽으로 오고 있다더
군."

"그러니까요, 사장님, 이번에는 그 사람들이 뭘 좀 한대요?"

목동은 이렇게 말하면서 땅에다 갈색 분비물을 주르륵 뱉었다.

그때 울타리 안에 있던 말 한 마리가 나직이 울었다. 내 가까
이에 있던 말 한 마리도 덩달아 히힝거리는 바람에 목장 주인이
하는 말을 놓쳐 버렸다. 말들이 다시 조용해지자, 목장 주인이
하는 말이 들렸다.

"하지만 그럴 필요 없을지도 몰라. 내가 날려 버린 거 같으니
까."

이 말과 함께 목장 주인이 떠나며 먼지를 잔뜩 남기자, 나는
숨 막히지 않으려고 하늘 높이 솟아올라야 했다. 나는 늑대들도
사람들처럼 날개가 없기는 마찬가지인데 '날려 버렸다'는 말이
무슨 뜻일까 궁금해하며 남쪽으로 향했다. '거시기'는 무슨 뜻인
지 알 것 같았다. 캐나다에서 처음 잡혀 온 늑대들한테는 목줄에
추적 장치가 달려 있었다. 블루보이는 목줄이 총에 맞아 떨어진
덕에 사람들 감시에서 벗어나 있었다.

달무리가 지면 보통 폭풍이 닥치기 마련이라서, 산기슭에 이르자 구름이 새까매지고, 5월 중순임에도 기온이 뚝 떨어졌다. 눈이 내리기 시작하자, 나는 솔송나무로 가서 눈을 피했다.

그날 밤, 눈이 30센티미터가 넘게 내렸다. 하지만 눈보라가 멈춘 새벽에 새하얀 세상 위로 날아오르자 기분이 그만이었다. 게다가 새로 쌓인 눈이 아니었다면, 설리를 찾는 것은 꿈도 못 꾸었을 것이다. 나는 산봉우리 두 개 사이로 날아가다가 하얀 담요 위에 줄지어 떨어져 있는 핏자국을 발견했다. 핏자국을 따라가 보니 설리가 눈 더미 밑에 쭈그리고 누워 있었다.

설리는 기운이 하나도 없었다. '날려 버렸다'는 말은 '총으로 쏘아 맞혔다'는 뜻인 모양이었다. 없어진 왼쪽 귀와 어울리게도 뒤쪽 왼쪽 넓적다리에 총알 구멍이 나 있었다.

"너, 저기 저 산 이름이 뭔지 아니?"

설리가 주둥이로 산을 가리키며 말했다.

"몰라."

"'얼어 죽는 산'이야. 딱 들어맞지 않냐?"

"넌 얼어 죽지 않을 거야."

"왜? 살아갈 이유가 별로 없는걸. 아무도 나한테 관심이 없어."

"블루보이는 있어."

설리가 콧방귀를 뀌자 쌀쌀하고 메마른 공기 중으로 김이 올라갔다.

"네가 무리에 들어오길 바란다니까."

"그래, 어련하시겠어."

"내가 왜 여기에 왔는데? 너를 찾아오라고 특별히 보낸 거야."

설리의 눈에 희망의 빛이 어렸다. 세상에서 희망만큼 좋은 약은 없는 법인지라, 설리는 몹시 지친 상태였음에도 눈 덮인 산길을 지나 옐로스톤 공원의 북쪽 경계에 있는 일명 '들소 고원'까지 내려갔다. 거기에 내렸던 눈은 낮 동안에 다 녹았다. 어둠이 내리자 우리는 녹초가 되어 웅덩이 옆에 쓰러졌다. 아침이 되자 우리는 그 연못이 비버들의 연못임을 알게 되었다. 사브리나가 사는 연못과는 달리 훨씬 컸고, 죽은 나무 한 그루가 반쯤 물에 잠긴 채 늪 같은 물 위로 으스스하게 솟아 올라와 있었다. 설리는 연못 수면 위를 가로지르며 움직이는 물결에 눈을 고정한 채 둑을 따라 살금살금 기어갔다. 비버가 움직이는 자국이라기에는 너무 작았는데, 설리가 물결 위로 펄쩍 뛰어들자, 사향쥐 한 마리가 둑에 난 구멍으로 쏜살같이 도망쳐 들어갔다. 하지만 설리는 다쳤으면서도 포기하지 않았다. 설리는 물 밖으로 나오기는커녕 무릎까지 찬 연못 안에 서서 물속에 있는 무엇인가를 노려보았다. 그러더니 한 걸음 가서 우뚝 서고, 또 한 걸음 가서 우뚝 섰다. 마침내 설리는 물이 좁아지는 곳으로 몸을 던지더니, 놀랍게도 입에 물고기를 물고 나왔다. 늑대가 낚시를 한다는 이야기는 들어 본 적이 없었다. 아마도 설리는 혼자서 오래 지냈던 첫해에 낚시하는 법을 터득한 것 같았다. 하지만 워낙 작은 물고기라 설리가 쏟은 힘만큼의 가치가 있을지 의심스러웠다. 설리는 물에서 기어 나와 여전히 배고픈 듯이 두리번거리며 비버 굴과 댐 옆을 터벅터벅 지나갔다. 버펄로 샛강을 따라 내려가다 슬루 샛강과 만나는 곳에 이를 때까지, 설리의 고개는 점점 아래로 처졌다.

우리가 집 아래쪽에 있는 둥근 바위를 돌자, 블루보이와 다른 늑대들이 굴 밖에서 빈둥거리는 게 보였다. 늑대들이 그날 아침에 사냥을 다녀왔는지는 알 수 없었지만, 블루보이가 갉아먹고 있는 와피티사슴 뼈에는 신선해 보이는 고기가 붙어 있었다. 나는 내 사시나무에 앉았다. 내가 없는 동안 이파리들이 싹을 터트려 고치를 뚫고 나온 나비들처럼 돋아났다. 설리는 여전히 강 옆에서 꼬리를 내리고 서서 눈을 못 들고 질퍽거리는 땅만 바라보았다.

블루보이는 일어나서 나한테 고맙다는 뜻으로 고개를 끄덕이고는 자기 동생을 똑바로 바라보았다.

"반갑다, 설리."

설리가 눈을 들었다. 그렇게 고마워하는 모습은 처음 보는 것 같았다.

블루보이가 말했다.

"우리와 함께 살자."

설리가 비탈을 올라오자, 호프가 설리의 새로 난 상처를 보고 말했다.

"삼촌, 상처가 심해 보여요."

"내가 도울 수 있을 거야."

프릭은 이렇게 말하며 총총걸음으로 숲으로 사라졌다.

호프가 물었다.

"뿔에 찔렸어요?"

설리가 호프 곁에 앉으며 대답했다.

"비슷한 거야. 너도 찔린 거 같네."

"겨우 나뭇가지였어요."

호프가 수줍은 듯이 덧붙였다.

"거의 다 나았어요."

설리가 블루보이를 소심하게 쳐다보며 말을 걸었다.

"형은 들소 뿔에 찔렸다고 들었는데."

"긁혔을 뿐이다."

블루보이는 이렇게 말하면서 설리 쪽으로 뼈를 밀었다.

프릭이 약초를 가지고 돌아와 뼈 옆에 내려놓았다. 설리는 배가 고파 죽을 지경이었지만, 갑작스러운 행운에 얼떨떨한 나머지 둘 중에 어느 것도 건드리지 못했다. 설리는 굴속에서 새끼들이 짖는 소리가 나자 귀를 씰룩거렸다.

"새로 태어난 새끼들이야?"

블루보이는 뿌듯해하며 대답했다.

"다섯 마리 같아."

그러자 설리가 외쳤다.

"끝내준다! 내가 새끼들을 얼마나 좋아하는데!"

17

이튿날 아침 설리가 예의상 조심스럽게 사냥에 따라가겠다고 말했지만, 현재 상태로는 도움보다는 방해가 될 것이 뻔했으므로 블루보이가 집에 남아서 프릭의 간호를 받으라고 하자 순순히 말을 들었다. 블루보이는 나머지 무리를 이끌고 산등성이 오솔길로 나섰다. 날이 꽤 더웠다. 그런데 계곡으로 내려가자마자 나뭇가지가 추위에 탁 부러질 때 나는 소리가 났다.

블루보이가 땅에 푹 쓰러졌다. 블루보이가 총에 맞은 것을 깨닫자, 나는 날개를 휘청거리며 밑으로 떨어졌다. 그러다 가까스로 중심을 잡고 블루보이한테로 급히 내려갔다. 호프가 달려가서 블루보이 옆에 쭈그리고 앉아 옆구리에 박힌 것을 핥기 시작했다. 블루보이가 거칠게 숨을 쉬며 고개를 들었다. 그러고는 이

내 고개를 풀밭에 처박더니 헐떡임을 멈추었다.

　레이즈와 루파와 벤은 멀찍이서 이 광경을 지켜보다가 기계음이 나자 곧바로 허둥지둥 도망쳤다. 호프는 자동차가 덜컥거리며 코앞에 올 때까지도 블루보이의 곁을 지켰다. 자동차는 늑대 보호소에서 본 지프차였는데, 차에서 내린 두 명도 거기서 본 사람들이었다. 두 사람은 조심스럽게 블루보이한테 다가갔다. 수염이 많이 난 털보는 라이플총을 들었고, 긴 금발 머리 여자는 담요를 들었다. 털보는 총 끝으로 블루보이를 찔러 보았다. 블루보이는 꿈쩍도 하지 않았다. 사람들은 블루보이를 담요로 싸서 지프차 뒷자리에 실었다.

　트릴비가 '매기, 여긴 웬일이야?' 했을 때만큼 충격 받을 일은 이제 더 이상 없을 거라고 생각했는데 틀린 생각이었다. 하지만 그때와는 달리 나는 몸이 굳지 않았다. 사람들이 나까지 쏜다면 모를까 절대 블루보이의 시신을 눈앞에서 놓칠 수는 없었다.

　나는 황급히 지프차를 쫓아 계곡을 벗어나 산마루를 서너 개 넘어 보호소까지 따라갔다. 사람들은 지프차를 삼각형 모양 집 바깥에 세우더니 담요로 싼 블루보이의 시신을 들고 차고로 들어갔다. 차고 안에는 우리가 하나 있었다. 블루보이가 들어가기에는 턱없이 작았지만, 어쨌든 사람들은 블루보이를 그 안에 밀어 넣었다. 이것도 끔찍하긴 했지만, 땅속에 묻는 것보다는 낫다는 생각이 들었다.

지난번에 왔을 때처럼 바깥에 놓인 우리 하나에 누군가 들어 있었는데, 이번에는 왼쪽 뒷다리에 부목을 댄 새하얀 암컷 늑대였다. 나는 철망 울타리에 내려앉았다가 사람들이 삼각형 집으로 들어가자마자 암컷 늑대한테 말했다.

"저 늑대는 그냥 사냥하려고 나선 것뿐이었는데, 사람들이 총을 쐈어!"

"그럴 리가! 사람들이 나는 구해 줬는데?"

"너를 구해 줬다고?"

"고속 도로에서 대형 화물차가 나를 치었거든. 그런데 사람들이 길가에서 다 죽어 가는 나를 발견하고는 여기로 데리고 왔어. 음, 내 그럴 줄 알았다니까. 저거 봐."

어둠 속 우리 안에서 무엇인가 움직였다. 블루보이가 담요를 벗으면서 일어서려고 애를 썼다! 나는 막혀 있는 공간은 질색이지만 차고 안으로 쏜살같이 날아 들어가 우리 위에 앉았다.

"매기."

블루보이가 비틀거리며 나를 보았다.

"괜찮아?"

대답이 없었다.

"네 옆구리에 있는 게 뭐야?"

그제야 박혀 있는 물건을 본 블루보이는 이빨로 물고 흔들어 박혀 있던 것을 우리 바닥에 떨어뜨렸다. 조그만 빨대 모양이었는데 한쪽 끝에는 바늘이 달려 있고 다른 쪽 끝에는 기분 나쁘게 도 조그만 새 깃털 같은 게 있었다. 나는 우리 옆쪽에 달린 걸쇠로 뛰어내려 부리가 갈라질 정도로 아프게 걸쇠를 쪼아 댔다.

아직 걸쇠를 열지도 못했는데, 방충망이 끼익하고 열리는 소리가 들렸다. 사람들이 차고로 걸어오자, 나는 재빨리 지프차의 트렁크 쪽으로 날아갔다. 사람들이 우리로 다가와서 안을 들여다보았다.

털보가 말했다.

"벌써 바늘을 빼 버렸네."

블루보이가 주둥이를 철창에 박으면서 사람들한테 달려들었다. 사람들이 뒤로 펄쩍 물러났다.

털보가 다시 말했다.

"사납기는! 녀석을 죽이지 말자는 네 말을 듣지 않는건데."

"정말 멋진 녀석이야."

금발 머리가 말했다.

"대단한 녀석이긴 하지만 없애야 해. 더 살려 두면 뭐 하겠어? 풀어 줘서 또 북쪽으로 가면, 그 목장 주인이 우리 지원금을 끊어 버릴 텐데."

"이게 진짜 그 늑대인지 확인해 보기로 했잖아. 목장 주인 말로는 총에 맞았다고 했는데. 저 상처는 새로 생긴 게 아니야."

"목장 주인이 푸른 늑대라고 했잖아. 게다가 추적 장치 신호도 슬루 샛강에서 잡혔고.”

“하지만 브리티시컬럼비아주에서 푸른 늑대를 두 마리 데리고 왔잖아. 땅을 파서 탈출한 커다란 녀석 생각 안 나?”

“그 녀석은 몬태나주하고 아이다호주 경계에서 죽었잖아.”

“그건 우리 짐작이었지. 왜냐면…… 잠깐, 브라이언, 저것 봐! 목줄이 없어!”

“맙소사. 네가 맞았네.”

“추적 장치를 확인해 봐.”

나는 털보가 차고를 나와 내 앞을 지나가는 동안 꼼짝 않고 있었다. 털보는 트레일러 안으로 급히 들어갔다. 그러더니 이내 허둥지둥 돌아왔다.

“말도 안 돼. 슬루 샛강에 아직도 네 마리가 있어.”

“우리가 엉뚱한 녀석을 잡아 온 거야. 진정제를 쓰길 잘 했지?”

사람들이 추적 장치를 달아 놓은 늑대들이 처음 캐나다에서 데려온 늑대들을 말하는 것이라면, 그 네 마리는 앨버타와 프릭과 루파와 설리였다. 사람들은 설리가 몬태나를 드나들었던 자취를 알았을 터였다. 하지만 사람들은 오해로 블루보이한테 마취 총을 쏜 것임을 알았음에도 블루보이를 풀어 주지 않았다. 푸른 늑대가 두 마리 있으니 헷갈리지 않으려면 소를 죽인 녀석을 잡을 때까지는 한 녀석을 가둬 두는 게 맞다고 생각했기 때문이다.

금발 머리가 말했다.

"바깥 우리로 옮겨 놓을까?"

"여기에 가둬 놓는 게 훨씬 편할 거 같아. 내일 맨 먼저 범인을 잡고 나면 녀석을 차에 싣고 가서 풀어 줘야 하니까. 이번에는 실탄으로 쏴야겠어. 설마 푸른 늑대가 세 마리나 있지는 않을 테지."

"먹이에 진정제를 갈아 넣어서 녀석을 좀 진정시켜야겠어."

털보는 삼각형 집으로 들어가고, 금발 머리는 또 다른 트레일러로 들어갔다. 곧 금발 머리가 다진 고기가 들어 있는 그릇을 들고 나오더니 우리 문 밑에 달린 덮개를 열고 그릇을 밀어 넣었다. 그러고는 불을 켜더니 차고 문을 내리고 나가 버렸다.

문을 열어 놨으면 얼마나 좋았을까. 이제 블루보이한테 사람들이 무슨 이야기를 했는지 알려 줄 방법이 없었다. 블루보이는 사람들 말을 알아들을 수 없는데. 문 꼭대기에 창문이 달려 있었지만, 내가 벌새도 아니니 같은 자리를 맴돌며 안을 들여다볼 수도 없는 노릇이었다. 내가 할 수 있는 일이라고는 지프차 지붕에 덧달린 철 막대 위로 올라가 흐릿한 창문 너머로 블루보이를 지켜보는 것뿐이었다. 블루보이는 먹이 그릇을 보며 가소롭다는 듯이 콧방귀를 뀌더니 입을 댈 생각도 하지 않았다. 몸을 돌릴 만한 공간도 되지 않는 우리 안에서 블루보이는 끊임없이 몸을 뒤틀었다. 날이 어두워지면 어두워질수록, 블루보이는 더욱더

안절부절못했다. 자기가 먹여 살려야 하는 갓 태어난 새끼들 걱정에 그러는 것임을 나는 잘 알았다. 밖이 캄캄해질수록 불이 켜진 차고 안의 모습이 더 선명하게 보였다. 목 깊은 곳에서 울리는 울음소리 한 번이면 사람들 주의를 끌 수 있으련만, 블루보이는 울지도 않았다. 그저 몸부림만 쳤다. 그러다 블루보이는 몸을 뒤로 기댔다가 철창을 향해 무섭게 달려들었다. 너무 끔찍한 광경이어서 전에 블루보이가 레이즈의 아버지와 싸울 때처럼 눈을 돌리고 싶었다. 하지만 나는 그럴 수가 없었다. 나는 블루보이한테 그만하라고 꽥 소리를 질렀다. 그러나 블루보이는 막무가내로 격렬하게 계속 달려들었다. 그러다 나는 블루보이의 이빨 하나가 날아가는 것을 본 것 같아 덜컥 겁이 나서 창문으로 몸을 던졌다. 내가 그러는 걸 보고 블루보이가 자기 몸을 상하게 하는 짓을 그만두었는지는 알 수 없었다. 내가 땅에 떨어지면서 정신을 잃었기 때문이다.

18

방충망 문이 끼익하고 열리는 소리에 나는 정신이 들었다. 이른 아침이었는데, 금발 머리가 삼각형 집에서 나왔다. 나는 단단한 땅에서 몸을 일으켜 깃털에 묻은 흙을 털어 내고는 금발 머리가 차고로 다가오자 허둥지둥 길을 비켜 주었다. 금발 머리가 차고 문을 들어 올리더니 헉하고 숨을 들이마셨다.

"브라이언! 늑대가…… 늑대가 죽은 거 같아!"

금발 머리가 소리를 질렀다.

나는 억지로 날아올라 여자 옆에서 간신히 방향을 틀어 우리 위를 지나갔다. 블루보이의 모습을 스치듯 보았을 뿐인데, 그것으로도 충분했다. 블루보이는 아름다운 푸른 털을 피와 다진 고기들로 더럽힌 채로 선홍색 웅덩이에 누워 있었다. 엎어진 그릇 옆에는 블루보이가 와피티사슴의 숨통을 끊을 때 쓰던 영예로운 앞니 하나가 떨어져 있었다. 곧 털보가 차고로 허둥지둥 달려오자, 나는 엉거주춤 날아 밖으로 나왔다.

보호소를 벗어나면서 어서 집으로 돌아가 식구들한테 이 끔찍한 소식을 전해야 한다는 생각이 들었지만, 나는 로지폴 소나무에 앉아 나 자신을 먼저 추슬러야 했다. 숨을 쉬기가 힘들었다. 숲을 누비며 자신의 세 배가 넘는 짐승을 쓰러뜨리던 위대한 늑대가 다시는 움직일 수 없다는 사실이 믿기지 않았다. 뭔가 단단히 잘못된 것 같았고, 자연에 대한 큰 죄인 것 같았다.

해가 나무 꼭대기 위로 떠오르자, 나는 슬루 샛강으로 출발했다. 나는 똑바로 날 수가 없어서 원래 가려는 곳에서 약간 왼쪽으로 틀어 날아야 했다.

내 사시나무에 이르자, 레이즈와 루파와 벤이 언덕 꼭대기 근처에서 머리를 맞대고 있는 게 보였다. 셋이서 무슨 이야기를 하는지 들을 수 없었지만, 굴 안에서 새끼들 우는 소리와 프릭과 호프가 굴 입구에서 소곤거리는 소리는 들을 수 있었다.

프릭이 말했다.

"알리지 말았어야 했는데."

"급히 젖을 떼려 할 거예요, 틀림없이. 하지만 숨길 수도 없었잖아요."

아직 굴속에 있는 앨버타한테 블루보이의 죽음을 알린 것 같

았다. 그러니 적어도 내가 이 말도 안 되는 소식을 또 전할 필요
는 없었다.

프릭이 말했다.

"아무도 블루보이를 꺾을 수 없다고 생각했는데. 천하무적이
라고 말이야."

호프가 절망적으로 말했다.

"믿어지지가 않아요. 설리 삼촌 말대로 사실은 사람들이 삼촌
을 쫓아온 걸까요?"

"그렇지 않다면 정말 이상한 우연의 일치인 거지. 설리가 나타
나고 바로 다음 날 블루보이가 총에 맞았잖아. 설리가 밤에 슬그
머니 도망치는 소리가 나더군."

"죄책감이 엄청 클 거예요. 어디로 갔는지 모르겠네요."

나도 궁금했다. 나는 블루보이의 10분의 1만큼도 설리를 생각
하지 않았지만, 털보가 목줄로 위치를 알아낼 수 있다는 것과 지
금 진짜 총알을 들고 쫓아오고 있다는 사실을 알리지 않으면 안
될 것 같았다. 나는 너무 우울한 나머지 그날이 얼마나 아름다운
봄날인지 깨닫지 못하고 있었는데, 기우뚱하게 계곡 위를 날아
가면서는 느끼지 않을 수가 없었다. 눈이 녹아 불어난 강은 트릴
비만큼이나 푸르렀다. 강둑에 자란 나무들은 여리다 못해 노랑
에 가까운 연둣빛 이파리들로 점점이 수놓아져 있었고, 어린 수
사슴의 뿔은 불그레한 벨벳에 싸여 있었다. 사브리나와 오듀본

이 연못 둑 옆에서 떠드는 모습이 보였다. 사브리나는 그날 아무 늑대도 보지 못했다고 했지만, 오듀본은 버펄로 샛강 쪽으로 가는 늑대를 봤다고 했다.

"털이 약간 푸른색이었어?"

"미안, 그건 잘 모르겠네. 늑대들은 다 똑같아 보여서 말이야."

사브리나는 지난가을 뒤로 처음 보는 터였다. 그래서 사브리나가 남쪽에서 어떻게 겨울을 지냈는지 이야기를 들어 주고 나서야 버펄로 샛강으로 날아갈 수 있었다. 나는 샛강을 감싸고 있는 숲에 이르기 직전에 키 큰 풀밭 사이로 움직이는 늑대를 한 마리 발견했다. 멀리서 보니 꼬리와 머리만 보였는데, 귀가 두 개 다 있는 것으로 보아 설리는 아니었다. 가까이 가 보니, 그 늑대는 라마였다. 경쾌한 발걸음으로 보아, 블루보이 소식을 못 들은 것 같았다.

내가 가까이에 내려앉자, 라마가 말했다.

"안녕, 매기 아줌마! 들쥐 못 봤어요?"

"미안, 못 봤어."

"땃쥐나 가터뱀은 봤는데, 오늘은 아르테미스가 가장 좋아하는 걸 갖다 주고 싶어요. 어젯밤에는 몇 시간 동안이나 함께 이야기를 나눴다니까요!"

라마가 코요테 친구와 행복한 시간을 보내는 동안 아버지는 우리 철창살에 몸을 박아 스스로 목숨을 끊었노라고 꼭 말해야 하는 건지 확신이 서지 않았다.

　라마는 숲으로 들어가서 샛강을 발견하고는 물을 쩝쩝거리며 한참을 마셨다. 나도 조금 목을 축이고는 미루나무에 올라앉았다. 라마는 갈증이 풀리자 발밑에 난 조그만 자주색 꽃 뭉치에 코를 대고 향기를 맡았다. 그러다 갑자기 귀를 바깥쪽으로 납작하게 눕히더니 코를 씰룩거렸다. 강 건너 덤불숲에서 들꿩 한 마리가 불쑥 튀어나오더니 막 잎이 나오는 나무들 사이로 쏜살같이 날아갔다.

　맞은편 강둑에서 귀 하나짜리 늑대가 고개를 땅에 처박은 채 힘없이 걸어왔다. 작년에 떨어진 젖은 나뭇잎 때문에 발밑에서 철벅철벅 소리가 났다.

　라마가 말을 걸었다.

　"안녕하세요, 삼촌."

　설리가 놀라 소리쳤다.

　"라마! 거기서 뭐 하는 거냐?"

　"들쥐 잡고 있어요."

　"들쥐를 좋아한단 말이냐?"

　"친구 주려고요."

　설리는 잠시 눈을 돌렸다가 비참한 얼굴로 라마를 바라보았다.

　"네 아버지 일은 미안하구나."

　라마의 몸이 굳었다.

"아버지요? 아버지가 왜요?"

"모르고 있었니? 총에 맞았단다."

"뭐라고요?"

"어제, 사냥 가는 길에."

"죽지…… 않았죠?"

설리가 머뭇거렸다.

"나쁜 소식을 전하기는 정말 싫지만, 호프가 그렇게 말했어. 사람들이 사체를 가져갔다고."

라마는 벼락이라도 맞은 듯한 표정이었다. 사람들이 데려갈 때만 해도 블루보이는 죽은 게 아니었다고 알려 줘 봤자 소용없는 일이었다. 두 늑대는 콸콸 흐르는 강을 사이에 두고 한참 동안 가만히 서 있었다.

설리가 슬픔 어린 목소리로 말했다.

"정말 멋진 늑대였는데."

라마는 삼촌의 말을 바로 이해하지 못하는 것 같았다. 놀랍다는 표정이 라마의 얼굴을 스치고 지나갔다.

"아버지가 삼촌을 그렇게 대했는데도 아버지가 죽은 게 슬픈 가요?"

"그때 나를 쫓아냈던 거 말이냐?"

설리가 코웃음을 치더니 말을 이었다.

"나는 그래도 싸. 전에 우리가 어떻게 헤어졌는지 못 들었나 보구나?”

라마가 고개를 끄덕였다. 설리는 보호소에서 땅굴을 같이 팠던 이야기와 자기가 함께 도망치지 않은 이야기를 해 주었다.

“형은 캐나다로 돌아가 식구들을 지키려면 내 도움이 필요했어. 하지만 나는 거기가 너무 편해서 가려 하지 않았지. 형이 나를 보던 그 눈빛은 죽는 날까지 잊히지 않을 거야. 늘 형보다 상대가 안 되게 작았지만, 그날 아침에는 내가 생쥐가 된 것 같았어. 아버지한테서 올빼미 이야기도 못 들었겠네?”

라마가 눈을 껌뻑거리며 물었다.

“라이더를 잡아간 올빼미요?”

“라이더가 누구냐?”

“제 막냇동생이에요.”

“그건 모르겠구나. 내가 새끼였을 때, 올빼미가 나를 잡아갔어. 내가 하늘로 잡혀 올라가는데, 형이 놀랄 만큼 펄쩍 뛰어올라서 내 뒷다리를 움켜잡았어. 그 고약한 올빼미도 새끼 두 마리를 붙잡고 가기는 힘에 부쳤지.”

라마의 입이 떡 벌어졌다. 의심할 나위 없이 라마는 자기도 라이더한테 똑같이 할 수 있었더라면 얼마나 좋았을까 생각하고 있었다. 그날을 돌이켜 보니, 블루보이가 왜 그렇게 확실하게 올빼미라고 했는지 이해가 갔다.

“형한테 제대로 고맙다는 말도 못 했어. 형은 결국 며칠 전에 나를 무리에 받아들여 주기까지 했는데 말이야."

라마가 깜짝 놀라며 말했다.

"아버지가요?"

"그래. 그런데 내가 은혜를 어떻게 갚았는지 보렴."

라마가 어리둥절해서 설리를 쳐다보았다.

설리가 설명했다.

"사람들은 나를 쫓고 있었어. 형이 아니고. 확실해. 차라리 내가 맞았더라면."

라마는 아무 말도 하지 않았지만, 나는 라마의 기분을 알 것 같았다. 라마는 아버지가 삼촌을 푸대접했기 때문에 식구들을 떠난 건데, 이제는 그 삼촌이 아버지를 칭찬하고 있다니, 그것도 입에 침이 마르도록. 잘못을 깨달았을 때는 괴롭지만, 잘못을 되돌리기에 너무 늦었음을 깨달았을 때는 더 고통스러운 법이다.

설리가 뒤돌아서며 말했다.

"여기로 다시 온 게 후회스러워."

내가 물었다.

"어디로 가니?"

설리가 나를 돌아보며 힘없이 어깨를 으쓱했다.

"모르겠어. 누가 신경이나 쓰겠어?"

이 말에 낙담해 있던 라마가 정신을 차리고 말했다.

"그 소들이 산다는 곳으로 돌아갈 건가요?"

설리는 다시 어깨를 으쓱하며 허벅지에 난 상처를 핥았다.

라마가 말했다.

"삼촌이 괜찮다면 저랑 다녀요."

설리는 조카를 바라보았다. 잠깐 동안 눈빛이 편안해졌다.

"고맙구나, 라마. 하지만 네 아버지한테 했던 대답을 너한테도 해야겠구나."

가벼운 바람이 바스락 소리를 내며 나무 사이를 돌았다.

그러자 라마가 코를 킁킁거리며 말했다.

"이게 무슨 냄새지?"

사람 냄새가 난 것 같았다. 하지만 설리는 맡지 못했는지 라마와 지난번에 만났을 때 이야기를 꺼냈다.

"그게 어디였는지 기억나니?"

"바위 언덕 근처 협곡이에요. 삼촌이 여우를 잡았잖아요."

"맞아. 오늘 아침에 거길 지나왔는데 들쥐들이 좀 있더라."

"거긴 벌써 가 본 걸요."

"깊숙이 들어가야지. 녀석들이 거기에 정기적으로 모인다니까. 내가 너라면, 흩어지기 전에 서둘러 가 볼 거야."

라마는 아버지에 대해 가슴 아픈 죄책감에 사로잡혀 있었으므로 아르테미스가 가장 좋아하는 먹이를 갖다 줄 수 있다 해도 금방 마음이 흔들리지 않을 줄 알았다. 하지만 설리의 말에 설득이 됐는지, 얼마 지나지 않아 라마는 숲으로 황급히 달려갔다.

설리가 라마의 뒷모습을 보며 말했다.

"이상하지, 저 아이를 보고 있으면 나도 새끼가 있었으면 좋겠다는 생각이 든다니까."

사람 냄새가 또 났다. 곧 털보가 나무들 사이에서 살금살금 다가오는 것이 보였다.

"너도 도망치는 게 좋겠어. 사람이 진짜 총알을 쓸 거야."

"새야, 실은 이제 돌아다니는 데도 진저리가 난단다. 내가 지금 하고 싶은 건 편안하게 오래 자는 거야."

설리는 강물을 마셨다. 설리가 고개를 들자, 주둥이와 수염에서 물이 뚝뚝 떨어졌다. 그때 날카롭게 탕 소리가 들리며 내가 앉아 있던 나무가 흔들렸다. 다음 탕 소리에 설리가 몸을 비틀며 옆으로 몇 발자국 움직이더니 바닥에 푹 쓰러졌다.

털보가 나무들 사이에서 저벅저벅 걸어 나왔다. 라이플총은 아래로 내린 채였다. 털보는 가까이 오더니 쓰러진 늑대 앞에 섰다. 털보가 장화 신은 발로 설리를 찔러 봤지만, 설리는 움직이지 않았다. 털보는 쭈그리고 앉아 설리의 총상을 살펴보았다. 하나는 새로 난 상처이고, 또 하나는 며칠 된 상처였다. 털보가 일어났다.

그러고는 슬픈 듯이 말했다.

"미안하다, 친구. 어쩔 수가 없었어. 그렇게 왜 소들을 죽였어?"

나는 털보가 강 하류로 터덜터덜 내려가는 동안 미루나무에 그대로 앉아 있었다. 설리 목덜미에 짙은 얼룩이 퍼졌다.

　나는 조용히 말했다.

　"각오를 하고 있었구나, 친구."

　그때 설리가 한쪽 눈을 뜨자, 나는 깜짝 놀랐다.

　"죽은 줄 알았어."

　"죽은 척했지."

　"일어날 수 있겠어?"

　설리는 일어나 보려 했지만 그럴 수 없었다. 설리의 눈에 두려움이 스쳐 지나갔다.

　"나만 두고 가지 않을 거지?"

　"가지 않을게."

　나는 강 건너 설리가 있는 쪽으로 날아가 나무에 앉았다.

　설리는 핏자국이 목 전체를 짙게 물들이는 오후 내내 정신이 오락가락했다. 날이 저물자 구름이 몰려와 별도 없고 달도 없는 밤이 되었다. 아래에서 죽어 가는 늑대가 간신히 보일 뿐이었다. 물 흐르는 소리 위로 거친 숨소리가 이따금씩 들렸다. 하지만 가장 잠이 오게 하는 소리 중 하나가 잔잔한 강물 소리인지라, 결국 나는 졸고 말았다.

　귀에 거슬리는 거친 울음소리에 나는 퍼뜩 잠이 깼다. 희미한 빛이 감옥 창살 같은 나무들 틈 사이로 새어 나왔다. 나는 아래를 보다가 겁에 질린 노란 눈빛과 마주쳤다. 핏자국은 설리의 가슴 전체를 적셔 피가 말라 있던 옛날 상처에까지 번져 있었다. 나는 설리 머리에서 멀지 않은 곳에 내려가 앉았다. '들쥐들의 모임'이 라마를 위험에서 벗어나게 하려는 수였음을 깨닫자, 조카를 생각해 준 설리한테 고마운 마음이 들었다.

"너는 좋은 삼촌이었어."

설리는 잠깐 나를 쳐다보다가 썩어 가는 나뭇잎 위에 고개를 누이더니 눈을 감았다. 한동안은 설리의 가슴이 오르내리다가 점점 느려지더니 마침내 움직이지 않았다.

19

　잭슨 아저씨가 죽었을 때만큼 끔찍하지는 않았다. 설리를 잘
알지도, 사랑하지도 않은 데다 이제 나도 나이가 들어 삶이 죽음
앞에서는 얼마나 초라한지 알기 때문이었다. 아무리 설리가 게
으르고 줏대 없이 살았다 해도 흐릿하나마 자기 나름의 생각으
로 그럭저럭 살아갔는데, 그마저 영원히 사라진 것이다. 이제 더
이상 나를 돌아볼 수 없는, 아니 그 누구도 돌아볼 수 없는 누군
가를 바라보는 일은 정말 끔찍한 일이다. 물론, 솔직하게 말해 그
게 내가 아니라는 사실에 잠시나마 안도하긴 하지만 말이다.
　여전히 구름이 짙었지만 나무 사이로 햇빛이 조금씩 새어 들
어오고, 지빠귀와 비레오* 몇몇이 특유의 음조가 맞지 않는 소
리로 지저귀기 시작했다. 그래도 지금 설리를 떠나는 건 매정한

것 같았다. 갑자기 새들의 노랫소리가 딱 멈추었다. 그러더니 나무 꼭대기에서 거대한 대머리수리 한 쌍이 날개를 치며 내려왔다. 나는 두 마리가 설리 양쪽에 내려앉을 때 재빨리 샛강 건너편 나무 위로 도망쳤다. 이내 녀석들은 으레 하는 짓을 시작했다. 녀석들을 막을 수도 없고, 그 모습을 보는 일도 너무 괴로웠으므로 나는 그 자리를 떠날 수밖에 없었다.

산등성이 오솔길 위를 기우뚱하지 않고 예전처럼 똑바로 날아가다가 호프를 발견하고는 아래로 내려가 길가 버섯 위에 내려앉았다.

내가 물었다.

"혼자 여기서 뭐 하고 있어?"

"엄마랑 아기들한테 먹이를 가져다줘야 하잖아."

"레이즈하고 루파하고 벤은 뭐 하고?"

그러자 호프가 콧방귀를 뀌며 말했다.

"아버지의 죽음을 슬퍼하느라 그럴 겨를이 없다고 말해 줘야 하나. 사실은 뭔가 음모를 꾸미는 것 같아."

"혼자서 사냥해서는 안 돼, 호프."

호프는 작고 가냘팠다. 늑대치고는 말이다. 게다가 나뭇가지

---

*참새목 비레오과의 새를 일컫는 말. 일반적으로 몸체는 올리브색, 가슴은 하얀색이다. 비레오과에는 약 52종의 새가 속해 있다.

에 찔린 지 얼마 지나지도 않은 터였다. 하지만 호프는 좁은 어깨를 으쓱이고는 씩씩하게 오솔길을 걸어갔다. 나는 퍼덕거리며 호프를 쫓아갔다. 높은 데서 보니 강 앞쪽에 와피티사슴이 잔뜩 무리 지어 있었다. 그중에 새끼 두 마리와 함께 있는 암놈 한 마리와 수놈 한 마리가 무리에서 떨어져 있었다. 나는 호프가 풀숲에 숨어서 새끼가 어미와 떨어질 때를 기다릴 줄 알았는데, 호프는 수놈 쪽으로 다가갔다. 나는 수놈을 겁주게 될까 봐서 호프를 말리는 소리도 지를 수 없었다. 호프는 바람을 안고서 거의 자기 아버지만큼이나 소리 없이 수놈한테 다가갔다. 수놈이 똑바로 걷지 못하는 것을 보니 머리가 약간 이상한 게 아닌가 싶었다. 어쩌면 짝짓기 철에 암놈을 두고 싸우다 두개골에 금이 갔을지도 몰랐다. 그렇다고 해서 호프의 사냥이 덜 힘든 것은 아니었다. 호프가 수놈의 어깨 위를 덮치자, 녀석은 뿔로 호프를 찌르려고 애를 썼다. 호프는 악착같이 녀석한테 매달렸다. 마침내 녀석이 가까스로 호프를 떼어 냈지만, 호프는 곧장 다시 달려들어 송곳니를 녀석 몸에 박았다. 녀석은 온몸을 비틀고 버둥거렸지만 결국은 넘어졌다. 녀석이 무릎을 꿇자, 호프는 곧장 숨통을 끊었다.

사냥을 마치자 호프는 녹초가 되었다. 그런데 호프는 그렇게 애를 쓰고도 고기를 한 점도 먹지 않고서 엉덩이 부분을 크게 뜯어 내서는 질질 끌며 산등성이 오솔길로 돌아갔다.

우리가 집에 도착했을 때, 프릭은 샛강에서 물을 마시고 있었다. 다른 세 마리는 굴 위 언덕에 있었는데, 레이즈와 벤은 뼈를 나눠 먹고 루파는 털을 다듬었다.

호프가 굴 입구에 고기를 내려놓자, 프릭이 큰 소리로 말했다. "왜 나를 안 깨웠어? 혼자서는 사냥하면 안 돼."

호프가 대답하기도 전에, 레이즈가 급하게 호프 쪽으로 내려왔다. 그러고는 눈을 가늘게 뜨며 말했다.

"지금 뭐 하는 거야?"

"엄마가 젖을 먹일 수 있게 먹이를 갖다 주는 거지 뭐야. 보면 몰라?"

"나한테 기장 먼저 바쳐야지."

호프가 가소롭다는 듯이 콧방귀를 뀌었다. 그러자 레이즈가 호프한테 달려들어 목을 물더니 내 사시나무 쪽으로 내동댕이 쳤다. 나는 너무 분해서 소리를 꽥 질렀다. 레이즈가 호프보다 몸집이 큰 데다, 호프는 젖 먹던 힘까지 쏟아 사슴을 쓰러뜨린 터였다. 내 비명 소리가 채 가시기도 전에 프릭이 언덕을 뛰어올라와 레이즈한테 달려들었다. 그러자 레이즈가 몸을 돌려 피했다가 프릭의 상처 난 엉덩이 부분을 발톱으로 할퀴었다. 프릭은 깨갱 비명을 지르면서 호프가 헐떡이며 누워 있는 곳으로 굴러갔다.

"나한테 가져와."

레이즈가 위협하듯이 말했다.

루파와 벤은 레이즈 뒤에 서 있었다. 그렇지만 간신히 몸을 일으켜 세운 호프도 프릭도 꿈쩍할 생각을 않자, 벤이 사슴 고기를 물고 레이즈한테 갔다. 레이즈는 3분의 1 정도를 떼어서 쩝쩝거리며 먹었다.

프릭이 털이 안 난 뒷다리 쪽에 피를 흘리며 말했다.

"그건 앨버타 거야."

레이즈가 고기를 떨어뜨리고 위협하듯 프릭을 차갑게 쏘아보며 말했다.

"우두머리가 맨 먼저 먹는 거야."

"네가 우두머리라고 생각하는 거야?"

루파가 콧구멍을 벌름거리며 말했다.

"그럼 너였나?"

프릭이 말했다.

"이제 앨버타가 우리 우두머리야."

루파가 말했다.

"새끼들 젖이나 먹이고 있는데, 무슨."

"그 새끼들 먹이려고 사냥해 온 거라고."

호프가 화를 내며 말했다.

레이즈가 말했다.

"그런데 말이야, 블루보이의 새끼들이 우글거리게 놔두는 게 좋을지 모르겠네. 내년에는 루파랑 내가 새끼를 낳을 텐데."

프릭이 말도 안 된다는 듯이 말했다.

"새끼들을 굶어 죽게 놔두겠다는 말이야? 제정신이야?"

레이즈가 득달같이 프릭한테 달려들었다. 이번에는 프릭의 목을 물었다. 호프가 레이즈한테 달려들었지만 루파와 벤이 호프를 홱 밀쳤다. 레이즈는 프릭을 땅에 눕히고는 죽일 듯이 무섭게 으르렁거렸다.

내가 높은 곳에서 레이즈를 공격해 보려고 막 하늘 높이 솟아오른 순간, 늑대 한 마리가 언덕을 넘어오는 것이 보였다. 커다란 늑대였다. 처음에는 눈을 의심했다. 얼른 언덕 꼭대기로 날아가 그 늑대의 털빛을 살펴보았다. 흙과 말라붙은 피로 더럽기는 했지만 사이사이로 푸른빛이 보였다. 나는 쏜살같이 내 사시나무로 돌아가서 깍깍 울었다.

호프가 외쳤다.

"아버지!"

레이즈가 프릭을 놔주면서 뒤로 펄쩍 물러났다. 호프가 프릭을 보호하듯이 프릭 앞으로 몸을 던졌다. 루파가 머리 뒤로 귀를 바짝 붙였다. 벤도 마찬가지였다.

그때 또 다른 놀라운 일이 생겼다. 젖먹이들을 놔두고 절대 밖으로 나오는 법이 없던 앨버타가 갑자기 굴속에서 튀어나왔던 것이다. 앨버타가 휘 돌아보더니 외쳤다.

"블루보이!"

앨버타가 블루보이의 이름을 부르는 순간 내 안에 남아 있던 의심이 싹 사라졌다. 블루보이가 정말로 돌아온 것이었다. 블루보이는 앨버타의 모습을 보고 꼬리를 흔들었다.

"새끼들은 다 잘 있고?"

앨버타가 외쳤다.

"총에 맞은 거 아니었어?"

"그랬지. 새끼들은 다 잘 있지?"

"다 잘 있어!"

"프릭, 자네도 잘 있었나?"

프릭은 그저 가만히 누워 있었다.

호프가 말했다.

"레이즈가 프릭을 죽이려고 했어요, 아버지."

블루보이가 눈을 가늘게 뜨며 물었다.

"레이즈, 왜 그랬지?"

잠시 레이즈는 돌처럼 굳었다. 그러다 어깨를 으쓱하며 대답했다.

"그냥 싸움 연습을 한 것뿐이에요."

호프가 씩씩거렸다.

"거짓말. 우리 무리를 차지하려고 했잖아."

레이즈가 블루보이를 똑바로 쳐다보며 말했다.

"당신이 죽은 줄 알았으니까요."

앨버타가 새끼들의 울음소리에도 아랑곳하지 않고 말했다.

"그것만큼은 사실이야. 이틀 동안 한숨도 못 잤어. 그동안 어디 있었던 거야?"

"사람들이 처음 우리를 데려갔던 곳."

"다치진 않았어?"

블루보이는 대답 대신 앨버타한테 다가가 코를 비볐다.

"캐나다에서와 같은 총알을 쓴 것 같아."

프릭이 신음 소리를 냈다.

루파가 말했다.

"블루보이, 사슴 고기를 좀 먹어 봐."

블루보이는 두 덩이 중에 큰 덩이를 물더니 먹지 않고 조심스럽게 굴 안으로 던져 넣었다.

"앨버타, 새끼들한테 돌아가는 게 좋겠어."

앨버타는 블루보이를 다정하게 쳐다보고 나서 먹이가 있는 굴속으로 들어갔다. 앨버타는 블루보이 주둥이 옆에서 떨어지는 핏방울을 보지 못한 것 같았다. 하지만 레이즈의 귀가 쫑긋 서는 것으로 보아, 레이즈는 눈치챈 게 분명했다.

20

나는 블루보이의 입이 얼마나 엉망이 됐을지 알고 있었다. 블루보이가 무자비한 철창살을 공격하던 모습과 피 웅덩이 위에 놓여 있던 부러진 이빨을 목격했기 때문이다. 죽지 않은 게 오히려 놀라울 따름이었다. 전에 트리플바 T 목장에서 다리를 저는 말들과 아픈 소들한테 사람들이 놀라운 일을 하는 것을 보기는 보았다. 털보가 설리를 쫓는 동안 금발 머리가 블루보이한테 기적 같은 마술을 부린 게 틀림없었다.

그 마술이 무엇인지 궁금했지만, 지금 블루보이한테 필요한 것은 질문이 아니라 도움인 것 같았다. 나는 곧장, 거의 기우뚱거림 없이 바위 언덕으로 날아갔다. 라마는 바위 언덕 기슭 근처에서 웅크리고 잠들어 있었다. 아르테미스한테 먹이를 구해 주지 못했을 때 자는 곳이었다. 나는 뒤틀린 삼나무 위에 내려앉아 소리를 꽥 질렀다.

"나랑 같이 가자!"

라마가 일어나 앉더니 멋진 이빨을 드러내며 하품을 했다.

"라마, 아버지한테 네 도움이 필요해."

라마가 정색을 하며 말했다.

"아버지는 죽었잖아요."

"아니야, 안 죽었어. 지금 집에 있어. 근데 큰일이……."

라마는 내가 말을 다 마치기도 전에 뛰어갔다. 라마가 커다란 발로 펀펀한 땅을 냅다 달려가자 막 녹기 시작한 땅에서 물이 튀어 올랐다. 슬루 샛강은 슬루강이라고 해도 좋을 만큼 물이 불어 있었지만, 라마는 물에 잠긴 강둑을 첨벙거리며 쉬지 않고 둥근 바위까지 달려갔다.

늑대들이 내가 다시 사시나무로 돌아온 것을 눈치챈 것 같지는 않았다. 블루보이는 온몸에 힘을 주고 꼬리를 곧추세운 채 굴 이쪽 편에 서 있었다. 굴 저쪽 편에는 레이즈가 역시 꼬리를 바짝 세운 채 서 있었는데, 둘 사이에는 남은 사슴 고기 덩어리가 놓여 있었다. 레이즈 뒤에는 루파와 벤이 마치 경호원처럼 서 있었다. 비탈 아래에서는 프릭 곁에서 호프가 피가 나는 상처를 다정하게 오른발로 보살피고 있었다.

레이즈가 입을 열었다.

"좀 먹지 그래요, 블루보이. 당신이 가장 좋아하는 와피티사슴 고기잖아요."

블루보이는 대꾸하지 않았다.

"갈비뼈가 다 드러났네요. 사람들이 먹이도 안 줬어요?"

블루보이가 매섭게 말했다.

"네가 상관할 바가 아니다."

"입에 문제가 있군요. 안 그래요?"

"네 입이나 닥쳐."

"몸이 별로 좋아 보이지 않아요, 늙은이. 지쳤나요?"

블루보이는 등을 둥글게 말고서 털을 곤두세우며 낮게 으르 렁거렸다.

"네가 나가떨어지게 해 주지."

하지만 큰 고깃덩어리를 굴속으로 던질 때 다친 잇몸이 더 나 빠진 것 같았다. 입에서 피가 줄줄 흘러내렸기 때문이다. 게다가 블루보이는 마치 강풍 앞에 서 있는 것처럼 몸을 휘청거렸다. 가 벼운 바람조차 없는데도 말이다.

호프가 놀라서 소리쳤다.

"아버지!"

레이즈가 공격하려고 몸을 웅크렸을 때, 라마가 둥근 바위 뒤 에서 나타났다.

그러자 호프가 고개를 돌리며 외쳤다.

242

"라마!"

모두 라마를 보았다. 프릭조차 바닥에서 고개를 들고서 라마가 새로 난 풀 뭉치들과 녹고 있는 눈 웅덩이들 사이를 누비며 언덕을 올라가는 모습을 지켜보았다. 레이즈는 웅크렸던 몸을 펴고 죽일 듯이 라마를 노려보았다. 블루보이는 못마땅한 얼굴이었다.

블루보이가 말했다.

"코요테하고 잠깐 헤어진 거냐?"

내 사시나무 밑을 지나던 라마가 나를 잠깐 노려보았다. 내가 코요테 이야기를 해 버렸으니 그래도 쌌다. 하지만 라마는 발길을 멈추지 않고 블루보이와 레이즈 시이로 곧장 올라가더니 남아 있는 사슴 고기를 반쯤 뜯어냈다. 그러고는 잠시 씹는가 싶더니 마치 덤빌 듯이 몸을 웅크린 채 블루보이를 향해 몸을 돌렸다. 떨리던 블루보이의 온몸이 팽팽해졌다.

하지만 정작 라마는 앞으로 기어가 피가 흐르는 블루보이의 주둥이 아래에 입맞춤을 했을 따름이었다. 그러고는 방금 씹은 사슴 고기를 땅바닥에 게워 내더니 블루보이 옆으로 물러났다. 루파의 눈이 사슴 눈처럼 동그래졌다. 레이즈의 눈은 분노로 이글거렸다. 라마는 블루보이를 지켜보았다. 블루보이는 콧방귀를 뀌며 의심스러운 눈초리로 라마를 흘겨보다가 다시 콧방귀를 뀌었다. 그러고는 머뭇거리며 고개를 숙이더니 사슴 고기를 먹기 시작했다.

　시간이 조금 걸리기는 했지만, 블루보이는 고기를 다 먹어 치
웠다. 먹이를 먹었다고 입에서 흐르는 피가 멈추지는 않았지만,
휘청거림은 좀 가라앉은 것 같았다. 블루보이는 혀로 입에 묻은
기름과 피를 닦아 내고 한 번 더 라마를 곁눈질로 바라보고 나서
벤한테로 눈길을 돌렸다. 그러자 벤이 고개를 숙이고 꼬리를 내
린 채 뒤로 물러섰다.

　그런 다음 블루보이가 레이즈를 노려보았다.

　"뭐라고 말했더라?"

　그게 레이즈만 아니었다면, 나는 불쌍하게 생각했을 것이다.
조금 전만 해도 약해진 우두머리를 해치우고 무리를 차지하려
고 하지 않았던가. 이제 레이즈는 자기보다 덩치가 큰 늑대 두
마리와 마주 서 있었다. 2년 전쯤에 자신의 아버지한테 망신을
당했던 바로 그 자리에서 말이다.

　레이즈가 꼬리를 내리고 중얼거렸다.

　"아무 말도 안 했어요."

21

커다란 둥근 바위 뒤에서 나타난 뒤로 줄곧 그림처럼 말이 없던 라마는 눈을 번쩍이며 귀를 레이즈를 향해 쫑긋 세우면서 말했다.

"네가 프릭 아저씨한테 이런 짓을 한 거야?"

레이즈는 프릭과 블루보이와 라마를 번갈아 보며 눈치를 보았다. 뻔뻔스러운 대답이 튀어나올 줄 알았는데, 갑자기 레이즈가 휙 뒤로 돌아서더니 루파한테 진흙을 튀기며 언덕 위로 달아났다. 라마가 뒤를 쫓았다.

프릭이 잠긴 목소리로 말했다.

"가게 내버려 두렴."

라마가 미끄러지며 멈추어 섰다. 레이즈는 덩치가 크지는 않앗지만 엄청 빨라서 벌써 언덕을 넘어 순식간에 사라졌다. 라마는 종종걸음으로 비탈을 내려와 아버지와 호프와 프릭의 곁에 섰다. 벤은 어쩔 줄을 몰라 하며 언덕 위를 쳐다보았다. 루파도 당황한 게 틀림없었다. 진흙투성이가 됐는데도 몸을 닦을 엄두도 못 내고 그 자리에 서 있었으니 말이다. 호프는 다리를 절뚝거리며 숲으로 사라졌다가 프릭의 비밀 장소에서 약초를 갖고 돌아왔다. 호프한테만큼은 이제 비밀 장소가 아닌 모양이었다.

호프가 프릭을 돌보는 동안, 나는 블루보이가 죽은 줄 알고 보호소를 떠나왔노라고 블루보이한테 털어놓았다. 알고 보니 거의 죽을 뻔한 블루보이를 금발 머리가 어제 하루 종일 간호해 주었던 것이다. 금발 머리는 귀마개 모자가 병든 말들한테 했던 것처럼 블루보이한테 주사까지 놓아 주었다고 했다.

블루보이가 말했다.

"좀 있으니까 다른 사람이 그 시끄러운 기계를 타고 돌아오더군."

그러자 내가 말했다.

"이건 정말 말하고 싶지 않지만, 그 사람은 네 동생을 잡으러 갔던 거였어."

라마가 끼어들었다.

"설리 삼촌을요?"

내가 고개를 끄덕이며 대답했다.

"그 사람이 설리를 쐈어."

블루보이가 물었다.

"나를 쐈던 것 같은 총으로 말이야?"

"안됐지만 아니야. 설리는 죽었어."

블루보이는 놀라서 숨을 삼켰다가 고개를 숙이고 질척질척한 땅으로 눈길을 돌렸다. 라마는 충격을 받은 것 같았다.

호프가 물었다.

"사람들이 왜 그랬을까요?"

"소들을 죽였거든."

라마가 조용히 거들었다.

"몬태나에서."

그러자 블루보이가 첫째 아들을 돌아보며 물었다.

"그걸 어떻게 알았니?"

"삼촌하고 조금 친해졌어요. 삼촌이 좋아졌죠. 그렇게 믿을 만하지는 않았지만."

라마가 나를 흘끗 쳐다보며 말을 이었다.

"그 협곡에는 들쥐가 없었다니까요."

"네가 그곳을 떠나게 하려고 그랬던 거야. 사람이 총을 들고 다가오고 있었으니까."

라마의 눈이 휘둥그레졌다. 블루보이도 마찬가지였다.

블루보이가 물었다.

"매기, 설리가 죽은 게 확실해?"

"설리 곁을 지키고 있었는데 대머리수리들이 나타났지."

호프가 말했다.

"가여운 설리 삼촌."

침묵 속에서 불어난 샛강이 콸콸 흐르는 소리만 들렸다. 그 소리에 나는 설리가 낚시를 하던 모습이 떠올랐다.

"설리는 나름 대단한 늑대였어. 물고기를 잡는 것도 봤다니까."

"정말이에요?"

호프가 놀라서 말했다.

라마가 차분하게 입을 열었다.

"삼촌이 올빼미 이야기도 해 줬어요."

블루보이가 물었다.

"무슨 올빼미?"

"새끼였을 때 삼촌을 잡아가려 했던 올빼미요."

"아아, 그거."

"삼촌이 다른 이야기도 해 줬어요."

이번에는 라마가 땅을 보며 말을 이었다.

"죄송해요, 아버지."

또 한 번 침묵이 흐르더니, 블루보이가 입을 열었다.

"오늘 그냥 우연히 들른 거냐?"

그러자 라마가 나를 다시 흘끗 쳐다보았다.

블루보이가 무뚝뚝하게 말했다.

"아아, 뭐, 나한테 죄송할 거 없다."

호프는 다시 프릭의 흉터 진 뒷다리에 난 상처를 핥아 주었다. 나는 블루보이한테 사람들이 지프차로 데리고 와서 풀어 주었냐고 물어보았다.

"사람들이 풀어 준 게 아니야."

"그럼 어떻게 온 거야?"

"어젯밤에 사람들이 나를 바깥 우리에 가두었어. 몇 년 전에 갇혀 있던 우리였지. 설리와 내가 파 놓은 구멍을 막긴 했지만 흙을 제대로 다져 놓지는 않았더군. 구멍을 통과하고 나서는 식은 죽 먹기였지."

그래서 블루보이가 흙먼지를 뒤집어썼던 것이었다.

블루보이는 몹시 피곤했는지, 호프가 야단스럽게 프릭을 돌보는 동안 꾸벅꾸벅 졸다가 이내 굴 입구에 웅크리고 누워 깊은 잠에 빠졌다. 나도 깜빡 잠이 들었다. 깨어나 보니 루파 말고는 아무도 움직인 흔적이 없었다. 루파는 어디에도 보이지 않았다. 나는 내 나무 아래 누워 있는 라마한테 루파가 어디 갔냐고 물었다.

라마가 무덤덤하게 대답했다.

"떠났어요."

레이즈가 그렇게 창피를 당하고 도망쳤는데도 루파가 따라갔다니 좀 놀라웠다. 더구나 소중한 자기 털에 진흙 세례를 퍼붓고 떠났는데 말이다. 하기는 무리에 남는 것도 훌륭한 선택은 못 되었을 것이다. 잘못된 편을 들었으니 서열이 맨 꼴찌로 내려가는 수치를 당해야 할 처지였다. 게다가 곧 앨버타가 새로운 새끼들을 데리고 당당하게 나타나는 꼴을 지켜봐야 할 터였으니. 사실 진짜 놀라운 일은 벤이 아직 머물고 있다는 사실이었다. 루파를 따라가지도 않았으니 벤은 홀로 수치심을 견뎌야 했다.

해가 지기 바로 전에 블루보이가 잠에서 깨더니 보초를 서러 언덕 꼭대기로 올라갔다. 나로서는 레이즈와 루파가 몰래 공격하러 돌아오는 건 상상도 못 할 일이었지만, 블루보이는 내가 언덕 위 어린 포플러 나무로 날아가자 망신을 당한 늑대들은 위험할 수 있다고 알려 주었다. 새벽이 다가와 블루보이가 보초를 서다 졸기 시작하자, 얼마 지나지 않아 라마가 일어나더니 슬그머니 사라졌다. 나는 따라가지 않았다. 어디에 가는지 짐작이 갔기 때문이었다.

아직 안개가 걷히지 않아 이렇다 할 해돋이는 없었다. 하지만 날이 차츰 밝아지자, 블루보이가 잠에서 깼다.

블루보이가 나를 보며 말했다.

"아마도 그 멍청한 코요테한테 돌아갔겠지?"

나는 아르테미스가 어쩌다 퓨마들한테 몰리기는 했어도 멍청하다고 생각하지는 않았지만, 그 말에 토를 달지는 않았다.

"그런 것 같아."

"어쨌든, 라마를 데리러 가 줘서 고마워. 그러지 않았다면 위험할 수도 있었어."

블루보이로서는 굉장한 고백이었다.

다른 늑대들이 일어나자, 우리도 비탈을 내려갔다. 프릭은 엉덩이에 보기 흉한 딱지를 새로 얻었지만, 블루보이가 어떠냐고 묻자 훨씬 좋아졌다고 대답했다.

블루보이가 말했다.

"먹을 것을 좀 가져다주겠네."

그러자 프릭이 말했다.

"안 돼."

"뭐라고?"

"입 벌려 봐."

"뭐라고?"

"입 벌려 보라고 했어."

다른 늑대가 그런 식으로 명령했다면 털이 남아나지 않았을 터였다. 그런데 조금 뒤에 블루보이는 정말로 입을 벌렸다. 프릭이 블루보이의 이빨과 잇몸을 자세히 살펴보더니 사냥은 절대 안 된다고 말했다.

"사냥을 나가면 평생 후회하게 될 거야. 그 평생이라는 것도 아주 짧아질 테고."

블루보이가 코웃음을 쳤다.

프릭이 계속 말했다.

"현실을 똑바로 봐야 해, 친구. 앞니 하나를 잃었잖아. 절대 예전 같을 수 없어. 다른 이빨들이 나아질 때까지 기다리지 않으면, 그것들마저 잃게 될 테고, 그럼 나처럼 쓸모없게 돼."

호프가 말했다.

"당신은 조금도 쓸모없지 않아요."

프릭이 못 박듯이 말했다.

"집에 있게, 블루보이. 더구나 자네가 집을 떠나면, 새끼들을 잃게 될지도 몰라."

마지막 말에 마음이 움직였는지, 블루보이는 한참 굴을 바라보다가 그 자리에 앉았다. 호프도 먹이를 찾으러 나가 보겠다고 나섰지만, 레이즈가 내동댕이쳤을 때 다친 게 분명했으므로 이것도 프릭이 반대했다. 블루보이는 벤을 쳐다보았다. 벤은 조금 떨어진 곳에서 혼나서 기죽은 개처럼 웅크리고 앉아 있었다.

보호소에서 블루보이가 철조망 울타리 너머로 설리를 바라보며 굴을 통해 나오기를 바랄 때와 비슷한 순간이었다. 하지만 벤도 설리처럼 시험을 통과하지 못했다. 라마처럼 똑똑하거나 용감하게 행동해 본 일이 없던 벤은 잘못을 바로잡을 기회가 주어졌음을 깨닫지 못했거나 혼자 사냥에 나서기가 두려웠거나 둘

중에 하나였던 것 같다. 벤은 꼼짝도 안 했다.

기회는 사라졌다. 바위 언덕으로 간 줄 알았던 라마가 커다란 사슴 고기 덩어리를 입에 물고 산등성이 오솔길을 총총 걸어왔다.

라마가 고기를 굴 옆에 내려놓고 나서 말했다.

"다 호프 누나 덕분이야. 누나가 잡은 사슴 고기가 아직 많이 남아 있어. 따라와, 벤."

두 번 말할 필요도 없었다. 벤은 벌떡 일어나더니 산등성이 오솔길로 라마를 따라갔다. 둘은 식구들이 이틀이나 사흘 동안 충분히 먹을 수 있는 먹이를 가져왔다. 가장 좋은 고기는 굴속으로 들어갔다. 라마는 그다음으로 좋은 고기를 아버지를 위해 씹어 주었고, 블루보이는 달가워하지는 않았지만 그 죽 같은 먹이를 먹었다.

그다음 이틀 동안은 날씨가 계속 흐렸다. 앨버타는 새끼들과 굴속에 계속 머물렀다. 프릭의 엉덩이 상처도 많이 아물었고, 두 번째 다친 내 날개도 이내 정상으로 돌아왔다. 블루보이의 입과 호프의 다리도 회복되기 시작했지만, 프릭은 먹이가 다 떨어진 날 아침이 되자 라마와 벤을 사냥에 내보내자고 딱 잘라 말했다. 나는 두 형제를 따라나섰다. 나는 젊은이들 마음이 얼마나 변하기 쉬운지 잘 알았다. 나 역시 그 짧은 시간 동안 댄을 배반하고 트릴비한테 마음을 주지 않았던가? 마찬가지로 한때 레이즈를 따랐던 벤은 이제 라마를 따르며 그림자처럼 쫓아갔다.

망보는 언덕에 이르러 보니, 와피티사슴이 두 무리로 나뉘어 있고 외따로 떨어져 있는 사슴은 없었다. 라마는 혼자 다니는 가지뿔영양을 공격하기로 하고 빗물에 움푹 꺼진 웅덩이 안으로 사냥감을 몰았다. 벤은 라마의 뒤를 바짝 따라갔다. 두 젊은 늑대는 가지뿔영양이 질퍽거리는 웅덩이 벽을 기어 올라가려고 애쓸 때 사냥감을 덮쳤다.

내가 아침으로 가지뿔영양 고기를 조금 떼어 먹고 나서 뿔 위에 앉자, 라마와 벤이 집으로 가져갈 고깃덩이를 찢어 내기 시작했다. 두 형제가 마지막 힘줄을 자를 때, 내가 깍 소리를 질렀다. 레이즈와 루파가 웅덩이 가장자리에 서서 공격할 듯이 귀를 바짝 세운 채 우리를 내려다보았기 때문이다. 라마가 털을 곤두세운 채 사냥감에서 물러났다.

하지만 레이즈와 루파의 관심사는 라마가 아니었다.

레이즈가 말했다.

"이봐, 벤. 저기 트라우트 호수 옆의 우리 새 땅을 보러 가는 게 어때?"

벤이 옛 영웅을 올려다보았다.

루파가 아양을 떨며 말했다.

"네가 얼마나 보고 싶었는지 몰라, 벤."

벤은 주둥이와 수염에서 피를 뚝뚝 흘렸지만 미숙하고 연약해 보였다. 벤의 눈길이 라마와 위에 선 두 마리 늑대 사이를 불안하게 오가는 것을 보니 만일 벤이 라마한테 등을 돌린다면 3 대 1로 싸우게 될 수도 있었다. 하지만 이번에는 벤이 시험에 통과했다. 벤은 자기 형 옆에 어깨를 나란히 맞대고 섰다. 라마가 침입자들을 사납게 노려보며 으르렁거리자, 벤도 똑같이 따라 했다.

레이즈와 루파는 당황해서 서로를 쳐다보았다. 라마가 허우적거리며 웅덩이 비탈을 올라가자 벤도 뒤를 따랐다. 두 형제가 꼭대기에 다다르자, 레이즈는 루파를 꽁무니에 달고 도망치고 있었다. 이내 둘의 모습이 흔들리는 풀만 남기고 사라졌다.

형제는 다시 웅덩이로 미끄러져 내려가 하던 일을 계속했다. 나는 망보러 높이 날아갔다가 아까 앉았던 곳으로 되돌아왔다.

"잘했어, 벤."

벤이 피 묻은 입으로 씩 웃었다.

잘라 낸 고깃덩어리는 어마어마한 크기였는데, 형제가 고깃덩어리를 웅덩이 밖으로 끌어 올리는 모습은 꽤 우스운 광경이었다. 라마가 뒤로 기어 올라가면서 위에서 잡아끌면, 벤이 아래에서 밀었다. 몇 번이고 미끄러져 내려갔다가 마침내 고깃덩어리를 밖으로 끄집어내자 고깃덩어리가 진흙 범벅이 되어 있었다. 풀밭을 끌고 갈 때는 진흙이 어느 정도 닦였지만, 망보는 언덕까지 힘겹게 올라가는 길에서 다시 더러워졌다.

산등성이 오솔길에서 라마와 벤은 턱을 쉴 수 있도록 잠깐 길을 멈추어야 했다. 물론 다른 이유로 쉴 때도 있었다. 라마는 이제 만 한 살이었지만 호기심이 여전했다. 길가에 있는 뱀 허물이나 조그만 별 모양 꽃들이 뭉쳐 있는 버베나 꽃을 관찰하느라 멈춰 서야 했다. 또 한 줄기 번개가 서쪽 어둠을 밝히는 모습도 멍하니 서서 봐야 했다. 라마는 동그란 귀가 달린 조그만 털북숭이 동물이 살얼음이 낀 기다란 돌 위를 지나가자 이름이 뭐냐고 소리를 지르며 쫓아가기도 했다. 당연히 겁에 질린 녀석은 대답 없이 바위틈으로 쏙 뛰어 들어갔다. 라마가 오솔길로 돌아오자, 나는 새앙토끼*인 것 같다고 말해 주었다.

라마가 외쳤다.

"정말 귀여워요! 빨리 말해 줘야 하는데……."

라마가 말끝을 흐렸다.

그러자 벤이 짐작으로 말했다.

"프릭 아저씨한테?"

벤의 말에 라마는 끙 앓는 소리를 하더니 고깃덩어리를 덥석 물었다. 라마는 아버지와 식구들에 대한 의리를 지키기 위해 아르테미스 생각을 머릿속에서 지우려고 애쓰는 것 같았다.

형제는 거의 밤이 다 되어서야 사냥감을 가지고 집에 도착했다. 라마는 좋은 쪽 고깃덩이를 굴 입구에 넣어 놓고 나서 아버

---

*우는토낏과에 속한 포유동물. 보통 토끼보다 작으며, 귀가 짧고 꼬리가 없다.

지를 위해 고기를 씹었다. 블루보이는 자기 먹이에 대고 킁킁 냄새를 맡아 보더니 얼굴을 찌푸렸다.

라마가 말했다.

"죄송해요. 사슴 고기가 아니에요."

프릭이 말했다.

"가지뿔영양도 훌륭해. 소화가 더 잘되거든."

프릭과 호프가 먹기 시작하자 라마와 벤도 먹었다. 그러는 동안 블루보이도 마지못해 몇 입을 먹으면서 새끼들이나 먹는 밥은 이게 마지막이라고 구시렁거렸다. 톱니 모양 번개가 몇 번 더 하늘을 가르고 나서, 블루보이가 보초를 서러 언덕 꼭대기에 올라갔을 무렵에는 비가 내리기 시작했다. 나는 함께 있어 주려고 어린 포플러 나무로 날아갔다. 라마는 사냥하랴 끌고 오랴 힘들었을 텐데도 언덕에 올라왔다. 당연히 벤도 라마를 따라왔다.

라마가 후두두 떨어지는 빗소리 사이로 말했다.

"아버지, 더 이상 보초를 서지 않아도 될 것 같아요. 오늘 레이즈하고 루파를 봤거든요."

"어떻게 됐냐?"

그러자 벤이 대답했다.

"쥐새끼들처럼 도망쳤어요. 내가 그런 늑대들한테 홀리다니 믿을 수가 없어요."

블루보이가 말했다.

"흠. 오늘은 너도 푹 잘 수 있을 것 같구나, 벤."

블루보이의 말 어딘가에는 새로운 영웅은 여기 놔두고 그만 가서 자라는 뜻이 배어 있었다. 벤이 내려가자, 블루보이가 목청을 가다듬었다.

"이제 내가 다 알아서 할 수 있을 것 같구나."

라마가 대꾸했다.

"아버지가 못 할 것 같다고 생각해 본 적 없어요."

"내 말은, 그 멍청한 코요테한테 돌아가도 좋다는 뜻이야, 네가 그럴 마음이 있다면."

"아르테미스는 멍청하지 않아요, 아버지."

블루보이가 콧방귀를 뀌며 말했다.

"좀 자거라, 라마."

라마는 한숨을 내쉬고는 비를 맞으며 터덜터덜 비탈을 내려갔다.

22

비가 더 거세졌다. 어린 포플러 나무도 내 사시나무도 아직 잎이 다 나지 않은 터라 나는 로지폴 소나무로 몸을 피했다. 하지만 거기서도 빗물이 떨어졌으므로 잠을 제대로 잘 수 없었다. 그러다 한밤중이 지나 마침내 구름이 걷히자 깨끗한 하늘에 수많은 별들이 반짝였다.

우리는 모두 눈부신 해돋이에 잠이 깼다. 사시나무로 돌아올 때 보니, 슬루 샛강 위쪽 비탈의 모든 것이 빛을 내뿜는 것 같았다. 풀잎과 민들레와 바위까지도 말이다. 블루보이도 마찬가지였다. 비를 맞아 털이 깨끗해진 덕에 비끼는 햇살을 받으며 비탈을 내려오는 블루보이의 푸르스름한 털에 윤기가 흘렀다. 그때 블루보이가 오랫동안 하지 않았던 일을 했다. 사냥을 나가기 전에 크게 우는 일이었다.

그러자 프릭이 말했다.

"맙소사, 블루보이."

"아버지, 우린 아직 다 배부르잖아요."

호프도 거들었지만 블루보이는 단호했다.

"사슴 고기를 먹어야겠어."

벤도 나섰다.

"하지만 밤까지 새웠잖아요."

프릭이 충고하듯 말했다.

"자네 이빨을 하루 더 쉬게 해 주게."

블루보이는 고개를 당당하게 쳐들며 대답했다.

"내 이빨은 멀쩡하네. 아무도 안 가겠다면, 혼자서 가겠어."

하지만 블루보이가 발을 떼기도 전에, 호프가 길게 소리를 질렀다. 귀가 늘어진 새끼 한 마리가 눈을 깜빡거리면서 비틀거리며 굴속에서 나왔기 때문이다. 다른 네 마리도 쪼르르 따라 나왔지만 특별히 작은 놈은 따로 없었다. 새끼들 뒤로 앨버타가 나왔는데, 앨버타 역시 은은한 빛을 내뿜는 듯했다.

새끼들은 조그만 꼬리를 흔들면서 캉캉 짖기도 하고, 서로의 주둥이에 대고 킁킁거리기도 하고, 주위에 활짝 핀 꽃들에 흘끗흘끗 눈길을 주기도 하였다. 하지만 블루보이가 무릎을 구부려 앉자, 다들 조용해지더니 아버지한테 인사를 하려고 한 줄로 나란히 서서 콧등을 아버지의 코밑에 갖다 댔다. 암놈 세 마리와 수놈 두 마리였다.

블루보이가 가장 큰 놈을 바라보며 말했다.

"첫째인가?"

"정말 미녀 아니에요?"

앨버타가 대꾸했다.

첫째는 정말로 예뻤다. 게다가 털에 푸른빛이 돌기까지 했다!

호프가 말했다.

"아버지를 닮았어요."

프릭이 말했다.

"이름을 뭐라고 하지?"

"블루벨 어때요?"

호프의 말에 프릭이 대꾸했다.

"늑대 이름 같지 않고 꽃 이름 같아. 안 그래?"

"다른 의견은 없나?"

블루보이가 앨버타를 보며 물었는데, 대답은 라마가 했다.

"매기는 어때요?"

"매기. 이런, 마음에 쏙 드는군."

보통 때는 나뭇가지를 꽉 잡고 앉아 있는데, 그때는 웬일인지 발에 힘이 풀리는 바람에 땅에 떨어지지 않으려고 바보처럼 날 개를 퍼덕거려야 했다.

"이리 오렴, 매기."

앨버타가 말하자, 가장 큰 새끼가 깡충깡충 뛰어오더니 앨버타 배에 코를 파묻었다.

호프가 감탄하듯 말했다.

"똑똑하기도 하지!"

그날 나는 내 이름을 딴 새끼한테서 눈을 뗄 수가 없었다. 눈을 뗄 수 없기는 블루보이도 마찬가지였으므로 결국 블루보이의 이빨과 잇몸은 하루 더 쉬게 되었다. 새끼들은 하나같이 매력이 넘치고 활력이 넘쳤다. 새끼들은 샛강 건너편에서 날개 달린 내 동료들이 한껏 지저귀는 소리를 삼킬 정도로 캉캉 짖어 댔고 신이 나서 꼬리를 미친 듯이 흔들며 이리 뛰고 저리 뛰었다. 벤도 자기가 아직 새끼인 양 새끼들과 함께 놀았다. 라마는 기분이 좀 가라앉아 있었지만, 새끼들은 라마의 기분은 아랑곳하지 않았다. 함께 놀아 달라고 앞발로 땅을 팡팡 때렸고, 그래도 통하지 않으면 라마를 물기도 했다. 새끼들은 어두워질 때까지 지칠 줄을 모르다가 하나둘씩 조그만 털 뭉치처럼 쓰러졌다. 새끼 매기는 가장 오래 버텼다.

앨버타가 새끼들을 데리고 굴속으로 돌아가자, 지난밤 한숨도 못 잔 블루보이도 굴 입구에서 잠이 들었다. 호프는 굴에서 눈을 떼지 못하며 한숨을 내쉬었다.

"오오, 프릭. 만약 우리도 그럴 수 있다면 정말 좋을 텐데……."

프릭이 말했다.

"뭐가?"

그러다 호프의 말뜻을 알아차리고 덧붙였다.

"안됐지만 우두머리만 짝짓기를 할 수 있어, 호프."

"하지만 루파와 당신도 새끼를 낳았다면서요. 우두머리가 아니었잖아요."

"그건 특별한 경우였지."

블루보이가 눈을 게슴츠레 떴다. 그러고는 졸린 목소리로 말했다.

"누가 알아. 특별한 경우가 갑자기 또 생길지."

블루보이는 다시 잠이 들었다. 호프와 프릭이 기쁜 마음으로 잠이 들자, 라마가 보초를 서려고 일어났다. 그런데 벤이 선수를 쳐서 언덕으로 후다닥 뛰어올라 갔다. 벤은 언덕 꼭대기에 자리를 잡고서 작은 소리라도 놓치지 않으려는 듯 귀를 종긋 세웠다. 하지만 새끼들과 그렇게 신나게 놀고 나서 얼마나 버틸지 의심스러웠는데, 아니나 다를까 달이 떠오를 때쯤에는 벤도 털 뭉치가 되어 쓰러졌다.

라마가 언덕 꼭대기로 올라가자, 나도 어린 포플러 나무로 날아갔다. 꼭대기에는 바람이 살짝 불었지만, 여전히 무더운 밤이었다. 지평선에 커다란 늑대 눈처럼 생긴 달이 걸려 있는 동쪽에서와 북쪽에서 늑대 울음소리가 들려왔지만, 레이즈나 루파의 소리는 들리지 않았다. 라마는 소리가 들릴 때마다 고개를 돌려 소리가 나는 쪽을 바라봤지만 남동쪽을 똑바로 바라보는 일은 없었다.

그래도 아르테미스의 소리를 놓치지는 않았다. 아르테미스는 정말 뛰어난 음악가였다. 마치 몸 안에 새가 들어 있는 것 같았다. 라마가 대답하듯 울었다. 늑대들의 울음소리는 인상적이기는 해도 쾌활하게 들리는 일은 거의 없는데, 그때 라마의 울음소리는 그랬다. 그러자 아르테미스가 8분음표로 이루어진 행복한 노래로 대답했다. 그런 소리는 생전 처음 들었다.

나도 라마만큼이나 정신이 팔렸던지, 라마도 나도 발소리를 듣지 못했다.

"특이한 울음소리로군."

라마가 휙 돌아보았다. 블루보이가 내가 앉은 어린나무 바로 아래에 서 있었다.

"세상모르고 주무시는 줄 알았는데."

"그냥 둘러보려고 온 거다."

라마가 고개를 떨구며 말했다.

"보초 서는 데는 젬병인가 봐요."

"누구보다는 낫구나."

블루보이가 벤이 자는 모습을 보며 말을 이었다.

"누구든 한눈팔 수 있지."

그때 아르테미스의 울음소리가 밤하늘에 부드럽게 울렸다.

그러자 블루보이가 생각에 잠긴 듯 말했다.

"전에도 한 번 들어 본 것 같아. 1년쯤 전에. 네가 아직 털 뭉치였을 때 굴 밖으로 고개를 내밀고 있던 날 밤에 말이다. 괜찮은 소리였지."

라마가 고개를 번쩍 들며 외쳤다.

"그냥 괜찮았다고요? 그건 유일무이한 소리였어요!"

라마가 조금 머뭇거리다가 덧붙였다.

"그게 무슨 뜻이냐면……."

"무슨 뜻인지 안다. 그 본보기가 내 첫째 아들이지. 안 그래, 매기?"

내가 이 말에 어떻게 동의하지 않을 수 있었겠는가?

블루보이가 계속 나를 쳐다보며 말을 이었다.

"그나저나, 우리가 네 이름을 따서 새끼 이름을 지은 게 기분 나쁜 건 아닌지. 네 허락을 먼저 받았어야 했는데."

내 이름을 딴 땅에 사는 동물이, 즉, 늑대 새끼가 생기는 게 얼마나 소중한 일인지 모르던 시절이 있었다. 하지만 내 아래쪽에서 나를 쳐다보는 반짝이는 노란 눈 두 쌍을 보면서, 잭슨이 현명하긴 했지만 한 가지는 틀렸음을 깨달았다. 날개 없는 동물 중에도 영혼이 있는 동물이 있으니 말이다.

벤이 꿈에서 무엇인가를 쫓는 듯이 다리를 번갈아 움직이며 땅을 찼다. 이틀 전에 식구들을 위해 사냥을 해 오라는 신호를 받아들이지 않았을 때는 벤이 평생 미움받을 줄 알았는데, 어제는 웅덩이에서 주어진 두 번째 기회를 놓치지 않고 명예를 회복했다. 설리 역시 역전할 수 있는 기회를 얻었지만, 너무 늦은 뒤였다. 나의 경우는, 트리플바 T 목장에서 이룬 첫 번째 가정에서는 실패를 했지만, 다시 한 번의 기회는 놓치지 않은 것 같았다.

"그 사랑스러운 새끼한테 정말로 '매기'라는 이름을 지어 줄 거야? 정말 시시한 이름인데."

블루보이가 대답했다.

"난 맘에 들어."

라마가 거들었다.

"아름다운 이름인걸요."

나는 또 나뭇가지에서 떨어질 뻔했다.

블루보이가 말했다.

"내 생각에는, 매기, 네가 몬태나에서, 또 아이다호에서, 그리고 여기 옐로스톤에서 나를 구해 줬잖아. 네가 아니었다면, 우린 아무도 여기에 살아 있지 못했을 거야."

드디어 나는 목까지 멨다. 마치 심장이 너무 부풀어 올라 숨통까지 막은 것 같았다.

라마가 걱정스러운 눈으로 말했다.

"첫째 이름을 아줌마 이름을 따서 붙여서 화가 난 건 아니죠,

그렇죠?"

나는 침을 두 번이나 삼킨 다음에야 겨우 말했다.

"아니야, 라마. 화 안 났어. 안 났고말고."

● 옮기고 나서 ●

이 책의 저자 토어 세이들러는 《뉴욕 쥐 이야기》나 《못된 마거릿》, 《웨인스콧의 족제비》 같은 작품에서 인간 사회를 그대로 옮겨 놓은 듯한 동물의 세계, 로맨스와 용기와 신념이 가득한 세계로 독자를 이끌었다. 다시 한번 세이들러는 광활한 자연으로 무대를 넓혀 야생에서 살아가는 늑대들의 삶으로 우리를 초대한다.

옐로스톤 국립 공원은 아름다운 자연을 만끽할 수 있는 미국의 국립 공원으로, 와이오밍주와 몬태나주, 아이다호주에 걸쳐 있으며 그랜드 캐니언 국립 공원의 세 배가 넘는 광대한 지역을 아우르고 있다. 1978년에 유네스코 세계 자연 유산에 등재된 이곳은 수십만 년 전의 화산 폭발로 이루어진 화산 고원 지대이다. 그 덕분에 마그마가 지표에서 비교적 가까운 5킬로미터 깊이에 있어 간헐천, 온천, 기암괴석 등 다채로운 자연 현상이 곳곳에서 나타난다. 그뿐만 아니라 회색곰, 늑대, 와피티 사슴, 들소, 각종 조류 등 야생 동물의 보고이기도 하다.

세이들러는 이 광대하고 아름다운 옐로스톤 국립 공원에서 가장 사납고 위험한 동물인 늑대를 주인공으로 선택했다. 옐로스톤 국립 공원의 자연 재건 사업의 일부로 1995년에 캐나다에서 들여온 거대한 늑대들이다. 세이들러는 당시 슬루 샛강과 라마 계곡 주변에서 실제로 일어난 늑대 이야기를 토대로, 위대한 동물 문학가 진 크레이그헤드 조지 (1919-2012)의 명작 《줄리와 늑대 Julie of the Wolves》에 영감을 받아 이 작품을 썼다고 한다.

우리를 닮은 매력적인 주인공들

늑대 하면 떠오르는 이미지는 사나운 포식자이다. 무리를 지어 다니며 무자비하게 동물들을 사냥하는. 하지만 실제 자연에서 늑대는 자연의 섭리를 지키며 살아가는 자연의 수호자에 가깝다. 자신이 먹을 만큼만 사냥하고, 배가 고파도 다른 동물이 사냥한 먹이는 먹지 않는다.

서열이 있는 늑대 무리 안에서 품위를 잃지 않는 블루보이. 블루보이는 배가 부르면 사냥하지 않는다. 비열한 늑대 레이즈의 얕은수를 알고도 포용할 줄 알고, 우두머리로서 무리를 위해서라면 목숨을 걸고라도 희생한다. 라마가 맏이로서의 기대를 저버리고 코요테를 사랑하는 것을 쉬이 이해할 수는 없지만 나중에는 그 사랑을 인정할 줄 안다.

호기심 많고 까칠한 까치 매기는 자아에 대한 고민으로 가족을 저버리지만 믿음직하고 용맹스러운 블루보이를 만나 서로 의리를 지키며 돕고 가족과도 같은 평생의 친구들을 얻는다. 블루보이의 동생 설리는 형을 배신하고 편안한 삶을 선택했다 홀로 떠돌지만, 마지막에는 자신의 실수를 반성하고 죽어 가는 순간에 조카를 살리려 한다. 벤 역시 가족을 배반해 평생 불명예스럽게 살 뻔했지만 두 번째 찾아온 기회는 결코 놓치지 않는다.

우리도 크든 작든 날마다 실수를 하며 살아간다. 그리고 그 실수를 만회할 결정적인 순간이 찾아왔을 때, 그냥 주저앉느냐 아니면 용기를 내서 잘못을 바로잡느냐의 순간에 갈등하게 된다. 매기와 설리, 벤은 자신의 실수를 반성하고 용기 있는 선택을 했다. 반면 레이즈와 루파는 자신의 실수를 끝내 인정하지 않았고, 결국 그것을 돌이킬 기회도 얻지 못한다.

편견 버리고 나와 다름을 인정하기

토어 세이들러의 다른 작품에서도 일관성 있게 흐르는 가치는 나와 다른 존재의 가치를 인정하는 것과 종을 초월한 사랑이다. 사실 종을 초월한 사랑은 나와 다른 존재에 대해 편견을 가진다면 있을 수 없는 일이다.

우리는 누구나 자신과 다른 것에 대해 편견을 갖기 쉽다. 이 책에서도 새들은 까치를 '머리가 텅 빈 수다쟁이'로, 들짐승들은 새들을 '새대가리 같은 멍청한 존재'로, 새들 역시 날지 못하는 동물들에 대해서 '영혼이 없는 존재'로 생각한다.

사회적 동물인 우리는 남과 달라지는 것을 두려워하며 사회에서 보편이라고 규정한 범주 안에 자신을 억지로 밀어 넣으려는 경향이 있다. 그러면서 사회에서 보편적으로 인정받지 못하는 '소수'에 대해서는 가치를 인정하지 않으려 하고, 심지어는 나쁜 것이라고까지 규정한다. 서로 다른 것이 옳고 그름의 문제는 아닌데, 나와 다른 것을 그르다고 생각하는 것이다.

하지만 매기가 다른 까치와 달리 늑대 무리와 다닌다고 해서, 라마가 다른 늑대와 달리 꽃을 좋아하고 코요테를 좋아한다고 해서 나쁘고 가치가 없는 존재일까? 더구나 이 세상이 '나와 같다, 다르다' 또는 '옳다, 그르다'의 두 가지 기준으로만 나누어질 수 있을까? 이런 단순한 이분법적인 사고로 설명하기에는 이 세상은 매우 복잡하고 다양하고 풍성한 실체를 가지고 있는데 말이다. 우리는 저마다 '유일무이한 존재'이다. 그 누구도 다른 이와 똑같을 수는 없다.

주인공들은 처음에는 서로에게 편견을 가졌다. 하지만 점차 의리로 관계를 맺는 과정에서 서로에 대한 편견을 서서히 극복하고 나중에는 서로의 다름을 인정하게 된다. 사회의 기준이나 내 기대에 미치지 못한다고 해서, 나의 기호와 가치관과 다르다고 해서, 결코 다른 존재보다 덜 소중한 것은 아님을 깨닫는 것이다.

'나와 다른 것에 대한 인정, 타인에 대한 공감'과 같은 덕목들은 너무나 당연하지만 요즘처럼 각박하고 이기적인 사회에서는 점점 빛을 잃어 간다. 세이들러는 그 미덕의 소중함을 까치와 늑대라는 다소 엉뚱하고 별난 조합의 주인공들을 내세워 재치 있는 유머와 생생한 묘사 속에 풀어 놓았다. 그 덕분에 독자들도 주인공들과 함께 광활한 자연을 누비면서 때로는 웃고 때로는 마음 졸이며 자연스럽게 다른 존재의 소중함을 되새길 수 있을 것이다.

이 동물 모험 이야기에서 '맏이'란 여러 동물을 가리키는데, 이야기의 쾌활한 해설자인 까치 매기를 말하기도 하고, 매기를 늑대 무리의 비공식적인 식구로 받아들이는 우두머리 늑대 블루보이를 가리키기도 하며, 무리에 대한 책임과 코요테에 대한 평범하지 않은 사랑 사이에서 갈등하는 블루보이의 첫째 아들 라마를 가리키기도 한다.

제목으로 봐서는 실제보다 한정된 이야기로 오해할 수도 있는데, 책 안에는 단순한 맏이들 이야기나 교훈을 뛰어넘는 훨씬 더 많은 것들이 담겨 있다. 행간을 넘어 받아들이는 것은 어디까지나 독자의 몫이다.

권자심